U0457540

飞天怪盗

〔日〕江户川乱步 著

叶荣鼎 译

山东画报出版社

译者序

红极一时的日本动漫《名侦探柯南》的作者漫画家青山刚昌，孩提时代曾是江户川乱步的超级追星族，他笔下的主人公江户川柯南的姓就取自日本推理文学鼻祖江户川乱步，名则取自英国的柯南·道尔。

日本作家历来都有用笔名的传统，江户川乱步本名平井太郎，早年就读于早稻田大学经济学专业，江户川就在早稻田大学旁边。巧合的是，"江户川"的日式英语发音"edogawa（爱多嘎娃）"，与"Edgar a-（埃德加·爱）"的发音极其相似；

"乱步"的日式英语发音"ranpo（兰波）"，与"llan Poe（伦·坡）"的发音又十分相近，故而决定以"江户川乱步"为笔名。从此，这个名字陪他度过了四十年推理文学创作生涯，也成为日本推理文学史上不可逾越的高峰。

1923年，乱步在《新青年》杂志上发表处女作《二钱铜币》，引发轰动。当时的编者按这样写道："我们经常这样说，《新青年》杂志上总有一天将刊登本国作者创作的侦探小说，并且远远高于欧美侦探小说的创作水平。今天，我们终于盼来了这一兴奋时刻。《二钱铜币》果然不负众望，博采外国作品之长，水平遥遥领先于外国名作。我们深信，广大读者看了这篇小说后一定会深以为然，拍案叫绝。作者是谁？是首位登上日本侦探文坛的江户川乱步。"

1925年，乱步发表小说《D坂杀人事件》，成功塑造了日本推理文学史上的第一位名侦探——明智小五郎。其后，他又陆续创作了《怪盗二十面相》《少年侦探团》等脍炙人口的作品，其中的"怪盗二十面相""少年侦探团"等角色已经突破了类型文学的束缚，成为世界文学史上的典型形象，先后多次被搬上各种舞台，改编成各种各样的影视、动漫作品。

第二次世界大战爆发后，江户川乱步因作品被禁止出版，投笔抗议，公开发表《作者的话》："我撰写的小说主要是把侦探、推理、探险、幻想和魔术结合在一起，让读者富有想象力和创造力。人类必须怀有伟大的梦想，经过不断的努力，才会创造出伟大的时代。没有梦想，没有幻想，就没有科学。历史已经证明，科学的进步多取决于天才的幻想和不懈努力。科学进步了，人民才会过上好日子。可是今天的战争，毁掉了科学，毁掉了人民的梦想，日本人民将会被一个不剩地当作炮灰，却还是避免不了失败的结局。"

1947年，日本侦探作家俱乐部成立，乱步被推举为主席。俱乐部在1963年改组为日本推理作家协会，至今仍是日本最权威的推理作家机构。1954年，乱步在六十大寿之际，个人出资100万日元，设立"江户川乱步奖"，用以激励年轻作家。在之后的半个多世纪里，以东野圭吾为代表的一大批优秀的日本推理文学作家通过这个奖项脱颖而出，他们的成绩也使得"江户川乱步奖"成为日本推理文坛最权威的大奖。

1961年，为表彰乱步在推理文学界的杰出贡献，日本政府为其颁发"紫绶褒勋章"（授予学术、艺术、运动领域中贡献卓著的人）。1965年，乱步突发脑出血去世，获赠正五位勋三等瑞宝章。为纪念乱步，名张市建有"江户川乱步纪念碑"与"江户川乱步纪念馆"，丰岛区设有"江户川乱步文学馆"，供日本与世界的爱好者与学者瞻仰和研究。

《江户川乱步全集》作为乱步作品之集大成者，先后出版了多个版本，加印数十次，总印数超过一亿册，迄今已有英、法、德、俄、中五大语种版本问世。衷心希望诸位读者能够通过这一版的中文译本，回望日本推理文学的滥觞，领略一代文学大家的风采。

是为序。

2021年元旦于上海虹桥东华美寓所

目 录

飞天怪盗

巨手怪物的背后

飞天怪盗

R彗星

　　最初发现那颗奇怪彗星的，是英国的天文学家。这颗彗星与迄今为止见到过的彗星截然不同，令人不可思议。

　　彗星，宛如天空中迷路的星体，整天绕着太阳旋转。通常，它那背着太阳的一面，时常是一条拖着白色光芒的尾巴，形状酷似扫帚，也称"扫帚星"。可这一回发现的彗星，其闪光的尾巴像螺栓，一刻不停地在空中旋转，然后转速开始减慢，呈慢悠悠的旋转状态。

　　自从它被发现后，那张用天文望远镜拍摄的照片便被各大新闻媒体争相报道。于是，这成了人们茶余饭后的热门话题。不过，对此最感兴趣的，当数各国的天文学家。他们没日没夜地盯着天文望远镜，跟踪调查那颗最新出现的谜一般的彗星。

这颗彗星与普通的彗星根本不一样，而且十分神秘。虽说还不清楚彗星究竟是如何形成的，但通常彗星是由无数小粒子聚集而成的一个光体。

然而，这颗彗星并不是由无数颗粒子组成的固体，而是一颗末端拖着一条闪光且呈螺旋状尾巴的星。

这颗不可思议的星体，由于其形状酷似彗星，加之最初发现它的天文学家姓名的第一个字母是R，于是，它被命名为"R彗星"。

数日过后，R彗星与地球之间的距离渐渐接近，人们已经可以用肉眼望到它了。那条闪光的螺旋状尾巴，仍然不分昼夜地旋转着。

一到晚上，东京、纽约、伦敦、巴黎、莫斯科等城市的街头聚集起世界各地的人们。他们伸长脖子仰望着夜空，怀着好奇心，眺望这颗既有趣又让人感到莫名害怕的星球。大家一边眺望，一边相互议论，脸上不时地露出担心的表情。

这种紧张的氛围日益蔓延，笼罩在所有城市的上空。

R彗星正朝着地球行进，照此下去，也许会撞上地球轨道，发生剧烈冲撞后地球被分解。不知是哪个国家的天文学家，发表了这一见解。然而，赞成这一见解的天文学家倒也渐渐多了起来。

各国的天文学家热衷于计算R彗星的轨道，预测与地球相撞的可能性。随着讨论和研究的不断深入，天文学家分成两大派系，一派坚持R彗星会与地球相撞的学说，另一派则坚持R彗星不会与地球相撞的学说。总之，大家各抒己见，难分难解。

世界各国的人们，看着每天报上刊登的天文学家的学说文章，整天心忧心忡忡。如果地球真遭到R彗星撞击，后果将无法想象。其破坏程度，远远超过核战争的结果。如果是核战争，人们只要在地下深挖防空洞是可以抵挡的。但来自彗星的巨大撞击，人类只能听天由命。地球遭到撞击发生爆炸后，世间万物将瞬间消失。

围绕着相撞与不相撞的两大见解，分成两大派系的天文学家的辩论，发展到白热化的程度。不光是天文学家，连普通人也加入这一大辩论的行列中。只要是两个人以上在一起，话题自然而然地与R彗星是否撞击地球有关，并且一议论起来就没完没了。大街小巷，每时每刻，人们都在关注着R彗星的走向，面红耳赤的辩论在无休止地进行。

倘若相撞不可避免，后果将不堪设想。试想，如果整个人类都注定死路一条，那么，人们将不再像往常那样上下班，而是消极等待；工厂的机器不再轰鸣；学校的课堂里不再有读书声；盗窃惯犯将肆无忌惮地干尽坏事；法官和警察将失去平日的威严。从此，人类世界不再秩序井然，而是杂乱无章，消极地等待着末日的来临。

更有一些胆小如鼠的人，或许毫无勇气坚持到相撞那天而提前结束自己的生命。

还好，事态的发展没有到达如此危险的地步。世界上百分之五十以上的天文学家，斩钉截铁地认为R彗星和地球不会相撞。其中有许多人是权威的天文学家。当人们聆听他们的学说后才放宽了心，深信地球末日不会到来。

可一波未平一波又起，恐怖的观点不胫而走，一传十，十传百……

某国天文学家提出的恐怖观点，瞬间成了报纸、电视台和电台的中心话题，在人群中越传越广。说什么"R彗星非常可疑，不像是在自己的轨道上行走，很有可能是艘巨大的宇宙飞船在宇宙间随心所欲地行走"。

某颗遥远的星球上有可能居住着早已进化的生物，由他们制造出像彗星那样的巨型宇宙飞船。如果真是这样，根据R彗星的面积进行估计，这艘宇宙飞船上载有成千上万个外星人，相当于一个大都市在空中飞行。

因为宇宙飞船正朝着地球飞来，足以说明外星人清楚地球上也住有早已进化的人类。也许外星人为考察地球而驾驶宇宙飞船朝地球飞来。

如果真是这样，彗星与地球相撞的可能性近乎零。可人们并没有就此而放心，相反却担心起那些来自外星球的人们的不良动机。倘若外星人为征服地球人而来攻击地球，后果则无法想象。

为此，各国天文台依靠强电波向R彗星发射电文以试探。那上面如果确有外星人，一定会朝地球发射回复的电文。

可R彗星无动于衷，毫不搭理。由于地球人不懂该星球的语言，难以将自己想表达的意思传达给对方。地球上的天文学家们尝试了许多办法，不停地向R彗星发射电文。可结果依然杳无音信。

俄罗斯和美国的天文学家为与R彗星交换电文，计划向R彗星共同发射人造卫星。

地球上的人们惶惶不可终日，而模样可怕的R彗星却日夜兼程，一步一步地朝地球逼近。

螃蟹怪物

一天深夜，千叶县铫子附近的S渔村发生一件奇怪的事情。

凌晨三点前后，习惯于早早起床的渔民们还都在睡梦里，可一望无际的大海里却传来惊涛骇浪般的巨响。

人们被惊醒了，但怎么也辨别不出到底是什么声音。一些曾经乘上军舰参加过海战的老人说，这种响声与炮弹掉入海里的爆炸声相同。但现在是和平时期，不可能有炮弹在海上爆炸。

早晨，大家纷纷驾船去海上观察，发现距离海岸一公里左右的海面被染成紫铜色。可见，必有巨大的物体掉落在海里。由于海水很深，人们难以潜入海底调查。大家一致认为，掉落到海里的多半是一块巨大的陨石。

别所次郎是当地某渔民的儿子，是一名小学六年级学生。由于爸爸和哥哥每天清晨四点驾船出海，次郎便养成早早起床的习惯。他喜欢清晨攀登附近的一座石山，然后站在石山上观看日出。巨大响声传出的第二天清晨，他仍不改往日的习惯，爬到那座石山上，全神贯注地眺望太平洋上的水平线。

水平线一带有许多细长的云彩，天边被染得通红，一轮旭日即将冉冉升起。

片刻间，火焰般的金色太阳从云彩之间喷薄欲出。太阳现出全身，周围顿时明亮起来。头顶上的天空，R彗星闪光的身影依稀可辨。刚才还是十分清晰的R彗星，由于阳光的照射渐渐变淡，渐渐消失。

顺着石山的悬崖峭壁向下看，山脚在海浪的

拍打下不时地发出哗哗的响声，飞溅起银白色的浪花。

突然，次郎发觉石山好像在动。

"咦，奇怪！石山是不可能自行移动的呀！"

想到这里，他聚精会神地观察起来。原来，许多螃蟹正沿着岩石表面向上攀登。几十只螃蟹聚在一起，争先恐后地爬着。

次郎长这么大，还是头一回见这么多螃蟹。望着螃蟹们蠕动着八条腿向山上进军的态势，一种不祥之兆从他脑中掠过。他开始感到恐惧。

不一会儿，螃蟹军团登上石山，不停地朝次郎的脚边爬来。

这时，次郎猛然发现海上有一怪物。片刻，怪物突然从白浪翻滚的海水里显现，露出蓝黑色的身影。

粗看，像一只青铜颜色的大海龟。青铜颜色的龟壳下渐渐出现一对闪光的球体，犹如黄色灯泡在不停地闪烁。啊！次郎看清楚了，那是怪物的眼睛。

次郎惊叫一声，拔腿就跑。他从山上跑到山脚，钻入附近树林。树林里有一条回家的近路。

这时，怪物全身裸露。巨大的螃蟹形状的脑袋上长着一对闪光的眼睛，胸部位置长着一对酷似蟹钳的手腕，两条腿直立着行走，外壳仿佛青铜材料制成。

螃蟹怪物以迅雷不及掩耳的速度爬上石山，当发现正朝树林奔跑的次郎后，突然爬行着追了上去。它那迅速爬行的模样，形同巨大的螃蟹在追赶猎物。

次郎一边朝树林飞跑，一边不时地转过身看背后的动静。糟糕！螃蟹怪物正在飞速追赶自己，距离越来越近。

次郎顿感全身像散了架似的，两条腿再也迈不动了。

"你是地球人吗？"

古里古怪的声音在次郎的耳边响起。螃蟹怪物居然使用地球人语言说话。

次郎张开一直闭着的眼睛，瞧！令人厌恶的

螃蟹怪物，正站在眼前，可怕的眼眸闪烁着光芒。螃蟹怪物没有龇牙咧嘴，咄咄逼人，次郎稍稍放下心来。

"你是地球人吗？"

螃蟹怪物又重复刚才的问话，脸朝着次郎。眼下就是再讨厌对方，也不能不回答。

"是的，我是地球人。"次郎鼓起勇气大声答道。

"这里是地球上的日本国吗？"

螃蟹问的这个问题真不可思议。

"是的，这里是日本国。"

"是日本国的东京吗？"

"不是的。东京距离这儿还有好长一段路。"

于是，螃蟹怪物不知从哪里掏出一张银光闪闪的纸片。也许螃蟹怪物的胸膛那里可以放纸片？

纸片上画有日本国地图，地图上写有许多密密麻麻的小字。可次郎从来没有见过这些字，左看右看还是不明白那上面的意思。

"这里是什么地方？"

螃蟹怪物把地图伸到次郎眼前，继续发问。

次郎见对方态度温和，放心地在地图上帮着查找。然后，指着地图上的"铫子"给对方看。

"原来是铫子！东京是这里吗？"

螃蟹怪物伸出蟹钳般的手指着地图上的东京问道。

"是的。"

听次郎这么一说，螃蟹怪物摇晃着脑袋，欲转身离开。

次郎松了口气，朝怪物喊道："请等一下！你到底是什么动物？"

"你说什么？"螃蟹怪物那对发亮的眼睛紧盯着次郎。

"你打哪里来？"

螃蟹怪物指着天空的R彗星："地球上的人们称那个星体是R彗星。我就是从那儿来的，我的名字叫R，又名螃蟹外星人。"

螃蟹外星人用蟹钳手在地上写了一个英文字母"R"。

"这不是日本字，是英国和美国的字。"

螃蟹外星人写的R，形状十分奇怪。R右上面的弯曲部位酷似螃蟹背壳，向上高高隆起，与螃蟹怪物的脑袋相似。也许为了表现自己的形状而故意那么写的？

"R彗星上有很多像你这样的生物吗？"

"嗯，有很多。但我们居住的地方不是彗星，而是宇宙飞船。我们是从非常遥远的地方飞来的，我降落在日本，其他伙伴有的降落在英国，有的降落在美国，有的降落在俄罗斯。"

果然，天上的那颗星星不是R彗星，而是宇宙飞船。载有螃蟹外星人的火箭，多半是从宇宙飞船上向地球发射的。半夜里的巨响，肯定是火箭飞行物掉入海底时传来的。

次郎的心里还是有许多疑问，希望能找到所有答案。

"你们居住的地方距离我们地球那么遥远，你们为什么会说日语呢？"

次郎提问的语气，犹如在课堂上向老师请教。

"我不但会日语，还会英语和俄语。对于地球的所有大自然情况，我们星球上早有研究，早已了如指掌。我们星球上的人比地球上的人要聪明几百倍。地球人不会的，我们都会，地球人会的，我们也会。你瞧这张地图，就是我们星球上的人绘制的。"

次郎大吃一惊。螃蟹外星人居住的星球虽距离地球那么遥远，但它们对地球上的情况一清二楚，甚至胜过地球上的人们，简直比神仙还要聪明。

一望无际的宇宙中居然住着这样的生物，简直令人难以置信。

"你来日本干什么？是希望与谁见面吗？"

次郎望着螃蟹外星人的模样，开始战战兢兢。像这样拥有无限智慧的家伙，如果确实是来征服地球的，那地球肯定遭殃。

"我通过调查，得知日本有许多工艺品。我这次来贵国，是为了收集地球上的工艺美术品，随后带到我们星球上去。"

"什么？你打算偷窃我们地球上的工艺品？我

们日本有许多警察，一定会出来阻止你的。"

"我知道地球上有警察，也知道如果悄悄带走工艺品将被当作盗窃犯论处。可我不怕地球警察，我的脑袋要比他们聪明几百倍。"

螃蟹外星人尽说大话，让次郎难以置信。听这家伙说的意思，打算把日本工艺美术品统统带走。如果真有聪明绝顶的智慧，不管什么样的工艺美术品都将被他带走。次郎歪着脑袋陷入了沉思。

"这可麻烦了！必须尽快报告学校老师。"

"小弟弟，你可要听好了哟！不准对任何人提起我！记住了吗？你要是耍我，我就把你带到我们星球上去。"

螃蟹外星人说完哈哈大笑起来，笑声好像来自螃蟹背壳深处的喉咙。接着，外星人趴在地上朝那座石山跑去。次郎呆呆地望着，目送螃蟹外星人奇异的背影。不一会儿，螃蟹外星人消失在石山背后。

也许是返回停泊在海底的火箭上，然后朝东京港方向驶去？外星人既然拥有高于人类的智慧，那艘火箭也许具有潜水艇的功能，能在海底行驶。

此刻，次郎神情恍惚，仿佛在梦中。刚才与螃蟹外星人的相遇是真的吗？他甚至怀疑自己在做梦，可那根本就不是梦。

次郎揉了一下眼睛，不顾一切地朝老师家跑去。

老师刚起床，正在院子里洗脸。

"老师，不好啦！我看到外星人啦！模样酷似巨大的螃蟹。"

次郎上气不接下气，结结巴巴地叙述了自己与螃蟹外星人相遇的经过。

"啊哈哈哈……你在说什么呀？你该不是在做梦吧？你说的那种情况，现实生活中怎么可能发生呢？"

老师根本不信次郎的话，没把它当一回事。

次郎暗自思索，是呵，既然老师不信，也许自己是真在做梦？他突然失去了自信，对自己与螃蟹外星人的相遇也变得将信将疑。

怪异符号

　　某大报记者听说有螃蟹外星人出现，特地赶来采访次郎。记者提了各种问题后，细细地琢磨了次郎的一番话，觉得他所讲并非无中生有。他是东京每日新闻报社驻铫子记者站的记者，准备将采访的内容写成报道后带回报社发稿。这篇新闻报道被安排在头版头条，占据了版面的大半部分。文章中，配着次郎绘制的一幅螃蟹外星人漫画。

　　就这样，螃蟹外星人出现在地球上的消息很快传遍整个东京乃至日本全国各地。无论到哪里，人们都在议论螃蟹外星人。人们在水产店里只要一看到八只脚的螃蟹，就会把它想象成螃蟹外星人。螃蟹一时间成了怪物，放在货架上无人问津。

一天，港区的古山别墅里发生了一件奇怪的事情。

古山先生是文学博士，还是岩谷美术馆的馆长。这家美术馆坐落在巨富岩谷先生的别墅里，面积不大，只有五个陈列室。可陈列的东西全都是精品，尤其是佛像陈列室里的大小佛像，皆为国宝，从奈良时代到镰仓时代的国宝艺术品，应有尽有，十分齐全。

古山博士家里一共有五口人，太太古山美佳子、独子古山忠雄，男佣和女佣各一人。

忠雄是小学六年级学生，也是少年侦探团的团员。少年侦探团的团长叫小林芳雄，是日本大侦探明智小五郎的助手。

那天，古山博士提前下班回到家里，一进入书房便扯开嗓门直呼忠雄。

"爸爸，什么事？"

忠雄一阵小跑来到书房，见爸爸站在桌前两眼紧盯着桌面发呆。

"这，是你写的吗？"

爸爸放在桌上的日记本，不知被谁翻开了。两页合在一起的页面上，写有既不像字也不像画的符号。

忠雄瞪大眼睛琢磨了一番后，忽然想起什么，惊讶地大声嚷道："爸爸，爸爸，你这里也有……我的作业簿上也有这样的符号。"

忠雄说着转身离开爸爸的书房，朝自己的书房跑去。片刻，他手捧着翻开的作业簿跑回爸爸的书房。那本作业簿上，竟然也有这样非字非画的符号。

父子俩你望着我我望着你，半晌没有说话。片刻，忠雄好像发现了什么可怕东西似的，轻声问父亲："爸爸，你看它像不像英语字母R？"

"嗯，像英语字母的R，可那上面的两个圆圈不知代表什么意思。"

"好像代表眼睛？"

"什么，你是说代表眼睛？"

"可能是代表螃蟹外星人的两只眼睛。R可能是螃蟹外星人的名字，这家伙多半来自R彗星？"

"你说什么？一定是你……"

"我怎么啦？报上不是这么写的吗？说什么螃蟹外星人称自己是R，并在地上写了一个R，还说什么那地上的R酷似螃蟹外星人的形状。我猜想，一定是那个家伙写的。"

"你是少年侦探，喜欢把这些无关的现象硬凑在一起。像这样的恶作剧，如果是螃蟹外星人所为，必须事先潜入家里。可我们家也不是随便什么人都能进来的呀！一定是谁在开玩笑，绝对不可能是螃蟹外星人干的。我猜多半是你的同学。你不是有两三个要好的同学在咱家玩了好一阵吗？"

"我的同学不会开这样的玩笑。爸爸，我有预感，那家伙好像是为了偷窃咱家的那尊佛像。爸爸，那尊佛像现在是不是还在书房里？会不会被那家伙盗走？"

推古佛，是高度仅二十厘米的小佛像。因它是七世纪的作品，属十分贵重的国宝。它是古山博士从推古佛像的主人那里借来的，打算在家研究后放到岩谷美术馆里陈列一段时间。目前，佛像被暂时存放在书房里。

"爸爸刚从书房里出来，推古佛像安然无恙，好端端地摆在书架上，跟往常没什么不同。书房门锁着，窗户外侧装有铁栅栏防盗窗，窗户内侧也上着锁。墙面是混凝土筑成，不管盗贼有多大本领也休想进来。我看你是小题大做！如果那个螃蟹外星人真出现了，别说在家里，只要在街上稍一露面就会被抓住。新闻报道上只是说渔民的儿子见过那个怪物，说明那消息靠不住。"

忠雄不赞同爸爸的观点，也不像爸爸那么粗心，依然觉得自己的判断是对的，那家伙肯定隐藏在附近什么地方。一想到报上漫画里的怪物居然潜伏在自己的家里，他不由得感到背脊上有一股凉丝丝的寒意渐渐向全身扩展。

不是鼹鼠

片刻，忠雄怎么也按捺不住自己的担心，悄悄地来到别墅后面的书房里。

书房坐落在院子里，与母亲的房间稍有一些距离。四周的墙壁和屋顶都是混凝土制成，非常坚固。忠雄脱下鞋子来到书房跟前，仔细检查门锁，没发现什么异常。

"也许爸爸说的是对的？如果螃蟹外星人真打算偷盗佛像，不必把时间浪费在恶作剧上。瞧这把锁，丝毫没有被砸坏的痕迹。看来，佛像不会发生什么意外。"

忠雄自言自语地说完，不经意地扫视一遍院子。突然，一个奇怪的影子映入眼帘，惊得他不由得大叫一声。

此时，正值黄昏时分，周围暮色浓浓。在院子深处的大树下，好像有什么爬行动物在移动。

"奇怪！土是不会移动的，也许是鼹鼠吧？"

想到这里，忠雄的双脚不由自主地朝那儿移动。由于密密麻麻的枝叶遮挡，那一带模模糊糊，很难看清。忠雄目不转睛地望着，隐隐约约发现那儿的地面上有许多东西在蠕动。

啊，是螃蟹！是几十只大小螃蟹组成的集团军，正在朝自己站的地方爬来。

忠雄吓了一跳。他想起新闻上的那篇报道，那上面说，在螃蟹外星人从海里出现之前，有许多大大小小的螃蟹沿着悬崖爬行。

可自己居住的地方是平原，按理不应该有这么多的螃蟹。这么多的螃蟹很有可能与R外星人是一伙的？

忠雄的心仿佛一下冒到了嗓子眼，浑身上下鼓起一层鸡皮疙瘩。刚要准备逃走，怪事又发生了。

只见螃蟹爬行的地面开始晃动。忠雄心想，这一回晃动着打算从地面出来的家伙也许是鼹鼠？

表面厚厚的土层渐渐地被顶了起来，随即出现一个黑乎乎的动物。那不是鼹鼠，而是大于鼹鼠几十倍的动物！

那模样酷似大型海龟的背壳，又形同一顶古铜色的大伞。瞧！完完全全地展现在忠雄的眼前。背壳下面射出两道令人眼花缭乱的光束，还恶狠狠地瞪着忠雄。啊！那是眼睛，是螃蟹外星人的眼睛。

"哇！救命！"忠雄一边喊一边拔腿就逃。

当他一闯入别墅便扯开嗓门大喊大叫："爸爸，爸爸，不好啦！那家伙，那家伙……"

爸爸古山博士赶紧带着男佣，慌慌张张地从屋里跑出来。

"那家伙……就是那螃蟹外星人，从……从地底下……"忠雄气喘吁吁，用手指着院子。

"什么？你是说螃蟹外星人？真有这回事？"

"是的。它像鼹鼠那样从土里钻到地上，现在正朝着这里爬来。"

古山博士听罢连忙吩咐男佣："走！去看一下，快去把手电拿来！"

男佣立刻取来手电。他俩穿好鞋子朝院子里疾跑。

"忠雄，那家伙在哪里？"

忠雄跟在他俩身后朝院子里跑去，但怎么也没有勇气跑向那里。他只是用手指着大树底下，一个劲地嚷嚷："那里，就在那里。"

古山博士和男佣跑到那里，将手电灯光对准地面搜索，可什么也没有发现。

"忠雄，过来一下，这儿不是什么也没有吗？"

听爸爸这么一说，忠雄开始壮着胆子朝那儿走去，可两条腿还是哆哆嗦嗦地晃个不停。

"奇怪，我确实看到那家伙在这里的呀！"

眨眼间，那几十只由大小螃蟹组成的集团军已消失得无影无踪，从土下冒出的螃蟹外星人也不知去向。

"你不会是产生了幻觉吧？"古山博士苦笑着

问道。

忠雄眼朝地面仔细搜寻。不一会儿，他又大声喊道："爸爸，快来看呀！就是那个！瞧！"

刚才被螃蟹外星人顶起的地方，出现一个大窟窿。用手电灯光照亮那里，深度有两米左右，窟窿内的右侧洞壁上好像有一个横向地道口。显然，那家伙是沿着横向地道口爬到了这里，随后顶起土层钻到地上。

"嗯，不是鼹鼠，是一个非常非常大的家伙。照这么说，果然是……"

古山博士再也没有不信忠雄的理由了。

三个人分成三路，一个角落一个角落地搜索。奇怪的是，他们什么也没有发现。

莫非怪物已经潜入别墅？三人赶紧返回别墅，一个房间一个房间地分头搜索。遗憾的是，仍然没有怪物的踪影。

没有找到怪物，也不能就此不了了之。古山博士立刻给警方打电话，请求派三名警察保卫别墅。

无影无踪

不一会儿，门口响起警笛声，从警车上走下三名警察。一名守卫在书房门口，另两名分别在院子和别墅周围巡逻。

古山博士躺在床上辗转反侧，无法入睡。古山博士整个通宵也不知从床上起来多少回，拿着手电在书房周围照来照去，检查是否有异常情况。

然而，从那天晚上一直到早晨，什么事情也没有发生。值夜班的警察吃完早餐，与前来换班的三名警察办理完交接手续回警署去了。三名新来的警察开始执勤。

那天是星期日，古山博士和儿子忠雄什么地方也没去，一直待在房间里。全天太平无事。

照这么说，忠雄昨天看到的螃蟹外星人难道是一种错觉？

已经是傍晚五点了，忠雄走到洗手间，无意间抬头顺着窗户朝外望去。

站在洗手间的窗前可以看到书房正面。

书房门口的椅子上坐着一名警察。

"咦，那是什么？

书房前的地面好像在一上一下地晃动。

是螃蟹！几十只大大小小的螃蟹组成的军团，排成方队朝书房那里挺进。

"不好，是螃蟹外星人。"

忠雄第一次目睹外星人的全貌。

在与螃蟹背壳模样相似的脑袋上，向外伸出两根天线般的东西。外星人每走一步，那两根天线便忽左忽右地摇晃。

螃蟹外星人的背壳下面，有一对寒光闪烁的眼眸，还有酷似螃蟹腹部的身体，再往下是两只尖爪。

那模样，越看越让人觉得恶心。

警察坐在椅子上丝毫没有察觉。

忠雄欲开窗叫喊，可喉咙好像被堵住似的，怎么也发不出声音。

忠雄紧紧盯着螃蟹外星人。不好！螃蟹外星人距离警察的身后越来越近。接着，螃蟹外星人从胸膛里取出软绵绵的东西，看上去像一条黑色围巾。

糟啦！螃蟹外星人从背后朝警察扑去。那两只带有剪刀的手，铁钳般地卡住警察的脖子，瞬间，用那条围巾将警察捆了起来。

围巾一共有两条。警察倒地后，两只脚被另一条围巾捆住了。警察既没有爬起来，也没有叫喊。

螃蟹外星人走到书房门前，摆弄起门锁。一眨眼，锁开了，螃蟹外星人一阵风似的闯入书房，随手将门锁上。

忠雄直到外星人在书房里消失，僵硬的身体才仿佛冰雪消融似的可以自由活动了。他猛地冲出洗手间，伸长脖子叫喊。

"大家快来呀！螃蟹外星人闯进书房了，警察被绑住了。快，快来人哪！"

男佣首先赶到，接着在院子和别墅周围巡逻的两个警察也闻声赶来。

他俩和男佣一起，搀扶起倒在书房跟前的警察，迅速松开捆在他身上的绳索。转眼间，那些雄赳赳气昂昂的螃蟹此刻不知去向。

"那家伙在书房里吧？"

"嗯，刚进去，螃蟹外星人进入书房后没有开门。肯定在里面！"

"好，我们强行开门进去搜索。"

"不怕吗？对手是一个凶狠的家伙！"

"我们这里有四个人，还带着两支枪呢。"

警察取出藏在身上的手枪。

"准备好了吗？一、二、三！"

四个人同时将肩膀朝门顶去，门咣的一声被推开了，大家涌入最里边的房间。古山博士不知什么时候也赶来了，气急败坏地跟在大家后面冲入书房。

书房四面墙壁是落地书架，中间是大桌子，站在门口可以一目了然。

古山博士扫视一下整个房间，没有发现什么可疑的东西。桌子下面也是空空荡荡的，书架上没有外星人可以藏身的地方，铁栅栏防盗网上没有断裂的痕迹。

"消失了！"

"你没有看错吧？那家伙肯定进书房了？"

"没有看错。我的视线没有离开过书房门口，再说门没开过。"

太不可思议了！没有出口的书房里，庞然大物的螃蟹外星人究竟如何逃之夭夭的？兴许R外星人掌握了地球人无法明白的魔法？

"呀！果然不出我儿子所料，那尊推古佛像不见了！"

古山博士发觉佛像不见后大声嚷了起来。

"什么，佛像，你把它放在哪里了？"

"就是书架上那个空着的地方。推古佛像一直放在那儿的。"

"螃蟹外星人与宝物一起不翼而飞了！"

四个人在书房里翻箱倒柜地寻找，有的摇晃铁栅栏，核实是否断裂。有的趴在地上搜寻，寻找秘密出入口。有的站在椅子上，检查天花板上是否有暗门。最后，大家干脆把书架上的书全部搬到地上，寻找那尊推古佛像。总之，大家把可疑的地方都检查了一遍。一个小时过去了，什么可疑的东西都没有发现。

"看来是一个完完全全的密室。"

"嗯，对于地球人来说，也许是密室，可对于外星人来说，或许就不是密室。螃蟹外星人难道掌握着轻而易举从密室逃离的方法？"

"如果真是这样，螃蟹外星人太可怕了！简直像妖怪。"

警察们交头接耳，开始胆怯起来。

螃蟹爷爷

螃蟹外星人闯入古山博士的书房，不仅盗走稀世珍宝推古佛像，而且烟雾般消失了。由于盗贼是外星人，一时无法摸清对手究竟拥有什么魔力。

像混凝土筑成的这样坚固厚实的墙，外星人也许只要稍稍用力就可挤出去？或许可以任意缩小身体？螃蟹外星人莫非真有这样的魔力？

夜晚，天空中那颗可疑的R彗星便会放射令人不寒而栗的红光。据说从海里出现的螃蟹外星人，曾经用日语询问千叶县的一个少年。从交谈内容来看，R彗星是宇宙飞船，上面载有大量外星人。可真是那么回事吗？

　　古山别墅的被盗事件，也被新闻媒体炒得沸沸扬扬，轰动整个日本。

　　如果那颗彗星真是宇宙飞船，如果上面载有成千上万个外星人，尽管出现在东京的目前只有一个，但这只不过是试探而已。一旦所有外星人在日本国土上着陆，人们将面临灭亡的危险。

　　人们谈"R"色变，整天魂不守舍。

　　在明智大侦探事务所的会议室里，明智先生与助手小林围坐在桌前，也在议论R彗星和螃蟹外星人。

　　"古山博士的儿子忠雄是少年侦探团的团员，他把他家最近发生的情况向我详细地叙述了一遍。螃蟹外星人的所作所为远远超过人的能力范围，可见外星人具有地球人未知的魔力。"

　　小林说完，明智大侦探目不转睛地看着他。片刻，脸上浮现出令人难以捉摸的淡淡的笑容。

　　"我不信。"明智大侦探直截了当地说。

　　小林不可思议地望着先生。

"这个特殊的彗星出现在空中，这是谁也不能怀疑的事实。R彗星的谜，应该由各国天文学家去解答。但是，螃蟹外星人被说成外星人，还被说成乘坐火箭降落到地球上，这两种说法我都表示怀疑。可以肯定地说，R彗星与螃蟹外星人之间风马牛不相及，毫无必然联系。"

　　"先生，那依据是什么呢？"

　　小林惊奇得睁大眼睛看着老师。

　　"真相大白的时候很快会到来的！这对于我们来说是一个特大案件，我们必须竭尽全力尽快侦破。你只要把它当作案件去思考和推理，你就会豁然开朗。自称R妖星人的螃蟹外星人，也许只是装神弄鬼。"

　　小林还是不得其解，又接连提了好几个问题。可先生不再回答，只是要求小林开动脑筋琢磨琢磨。小林经过一番沉思，似乎也察觉到了什么。眼前仿佛浮现出令人作呕的螃蟹外星人，模样变得越来越大，忽然挡住小林的视线。

　　自从古山忠雄遇上螃蟹外星人之后，少年侦探团的团员井上一郎也与螃蟹外星人不期而遇。

井上是一个业余拳击爱好者，这套功夫还是跟他曾经当过国家拳击运动员的爸爸那里学来的，手特别有力，同学们称他是"大力士"。

一天下午，井上独自一人在街上散步。忽然，他发现路边的草地上有一群学生，一共有十五六个，不知在观看什么。

井上顺着人群中的间隙边朝里挤边看。

草地中间蹲着一个老爷爷，在他面前放有两个铁桶，旁边横着一根扁担。

老爷爷用扁担把一对铁桶挑到这里的。

几百只大大小小的螃蟹，正在铁桶里挤来挤去地爬着。老爷爷像是在出售螃蟹。

观看的人群个个无动于衷，没有一个愿意买螃蟹的，只是瞪大眼睛时而盯着老爷爷的脸，时而望着爬行的螃蟹。

老爷爷七十岁左右，身体佝偻。灰色衬衣，灰色长裤，红色背心，头上扎着一条红黑相间的头巾。

这位老爷爷的背心和头巾似乎被弄脏了，原本的底色模模糊糊的。

一旦面对面地看着老爷爷的脸，浑身会产生一种毛骨悚然的感觉。

老爷爷脸上布满了皱纹，两颗眼眸滴溜溜地转动，鼻子扁而平，嘴巴里看不见牙齿。整个脸庞被阳光晒成紫铜色。

"没有一个愿意买的吗？你们这些少年太胆小了！再不买，我可要走了哟！"

老爷爷的目光在少年们的脸上转来转去，脸上似笑非笑的表情，嘴里喋喋不休地重复同样的话。

井上一郎一看到老爷爷的脸，全身不由自主地颤抖了一下。瞧那张脸，与螃蟹的脸多么相似。

老爷爷的眼光与井上一郎的眼光正好相遇。

"哦，那位高个少年，你买下这螃蟹吧！"

老爷爷主动向井上打招呼。

井上没有吱声。老爷爷朝着井上注视了一会儿，微微一笑，再一次招呼井上："喂，高个少年，我是在喊你哟！哎，过来，我有话和你说，当然是好话哟！嗯，好吧，好吧，跟我到树林里去说。我说了，你一定眉开眼笑。"

奇怪！这形迹可疑的老爷爷打算带井上到神社边上的树林里。他要跟井上说什么？

井上觉得不搭理为上策，没必要跟着陌生人去树林。可转而一想，老爷爷步履蹒跚，论力气，自己肯定占上风，用不着多虑。再说自己还是一名少年侦探，凡是可疑人物都不能轻易放过。何况是他主动找自己，自己不如顺水推舟，看看他到底要说些什么，再根据他说的内容进行判断。不过，一进入这黑乎乎的树林，多少也有点冒险。

"你们就在这里玩吧！我有话要对这高个少年说。"

老爷爷对大家说完，挑起盛有螃蟹的铁桶摇摇晃晃地朝树林里走去。

井上无可奈何，跟在老爷爷身后。

这时候，从他背后传来少年们的议论声。

"喂，螃蟹爷爷，你的脸长得跟螃蟹一模一样……"

井上听到这里，两条腿不由得摇晃了一下。

老爷爷也许与那个可怕的螃蟹怪人有什么关系？他边走边暗自思忖。

井上并不打算溜之大吉，他想弄清楚老爷爷的真实情况。如果老爷爷与螃蟹怪人之间有什么关系，那自己兴许还能立大功呢！他想到这里，胆怯、害怕顿时消失了，取而代之的是勇气和信心。

变身魔法

　　现在还是正午时分，但树林里却像傍晚那样昏昏沉沉。老爷爷从肩膀上卸下挑着螃蟹铁桶的扁担，转过身望着井上。那张酷似螃蟹的脸，朝着井上露出笑嘻嘻的表情。

　　"你非常勇敢，我想要一个像你这样的少年。怎么样，做我的弟子好吗？"

　　老爷爷说着一口流利的标准日语，一改刚才浓重的方言，声音也变了，变得像一个年轻人的声音。

　　"做你的弟子？怎么做？"井上鼓起勇气问道。

"做弟子很简单，就是按照我的命令行事。如果能做到这一点，你就可以看到地球人看不见的东西，就可以去宇宙旅行。"

这，简直是一派胡言的梦话！莫非老爷爷患有老年痴呆症？

"怎么去宇宙旅行？"井上嘲笑似的问对方。

"乘坐R彗星。"

"什么？乘坐R彗星？"

这个连走路也不稳的老爷爷，居然信口开河，还说起了R彗星，简直像大傻瓜！

"那，怎么去R彗星呢？"

"和螃蟹外星人一起去就行了，交通工具是海陆空多功能火箭。那火箭现在正停在海底呢！只要乘上火箭，瞬间便能飞向天空。"

老爷爷说的那个火箭，有可能就是那个传说掉落在千叶县铫子附近大海里的东西。据说，当时还发出惊天动地的响声。井上感到有点恐怖。

"咦，螃蟹外星人不是早就消失了吗？我不知道螃蟹外星人究竟能否带我上R彗星。"

井上犹如说梦话似的，向老爷爷发问。他明明知道不可能去R彗星，却不知怎么说漏了嘴。

　　"只要螃蟹外星人同意就行。"

　　老爷爷充满自信地答道，说话声音变得越来越轻了。

　　"那好哇！老爷爷，你认识螃蟹外星人吗？"

　　"当然认识。我不但认识，还可以让你见识一下辨别的方法。"

　　老爷爷话音刚落，猛然间消失了。

　　老爷爷的背后有一棵直径超过一米的大树。他是否突然一个箭步躲到了大树背后？但细想一下，那不太可能！老爷爷老态龙钟，动作不可能那么利索和敏捷。或许使用妖怪那样的隐身术瞬间消失了？

　　老爷爷突然间无影无踪了，井上感到非常意外，目瞪口呆地站在原地，脑袋恍恍惚惚，仿佛做梦似的。

　　突然，两只铁桶里的螃蟹一个都不见了。那么多的螃蟹究竟爬到哪里去了？

井上瞪大眼睛紧盯着眼前那棵大树，那是因为大树的树干在摇摆。

　　长有青苔的树干，犹如蛇背在蠕动。

　　"哦，那是螃蟹。"

　　瞧，无数的螃蟹相互重叠在一起，沿着树干向上爬行。它们每爬行一步，树干便左右摇晃。

　　井上想起来了，据说螃蟹外星人从铫子附近海里出现的时候，以及在古山别墅院子里出现的时候，都有大量螃蟹爬行的预兆。

　　看来，正在大树上爬行的螃蟹群，恐怕也是螃蟹外星人现出原形的前兆。

　　一想到可怕的螃蟹外星人即将出现在自己的眼前，井上觉得全身的血呼地一下全涌上了脑门，恐怖犹如电流嗖地传遍了全身。

　　就在这时候，大树背后冒出一个黑色东西，形状酷似一把伞，射有一道亮光，渐渐地变成两道光束。

　　啊，是眼睛，是怪物眼睛。

　　像伞的东西，原来是大螃蟹的背壳。眼睛下边是嘴巴，上下嘴唇中间不停地冒出白色泡沫。螃蟹的背壳上有两根天线那样的触手，嘴角旁边有两只剪刀般的手，背壳下面是螃蟹肚子那样的身体，还长着两条弯弯曲曲的腿。

哦，是螃蟹外星人！螃蟹外星人终于在井上的眼前出现了。

"你不必害怕，我不会抓你的。"

那张鼓着白色泡沫的嘴嘟嘟哝哝地说。

它从铫子附近大海里出现的时候，据说只能说上几句简单的日语。可事隔还不到十天，螃蟹外星人却已经能讲一口流利的日语，简直令人难以置信。

"我们R彗星人，凡是眼睛看到和耳朵听到的东西，只要想学立刻就能变成自己的东西。我们不需要模仿，可以瞬间与地球人同化。刚才，我成功地扮演了一个七十岁的地球人老爷爷。昨天我看见过老爷爷的原样，便当场迅速地装扮成他的模样。地球上有变身这个词，你也可以叫我'R变身人'吧。"螃蟹外星人越说越奇怪。

井上一想到螃蟹外星人可以使自己的身体消失，便不由得瑟瑟发抖。

"听说你们日本有隐身术，那也是消失身体的魔法。据说那魔法早已被地球人忘记了，如今已经没有掌握隐身术的人了。但R彗星人相反，人人都会。隐身术必须掌握顺序，否则身体消失不了。好，让你看一下。"

井上又开始神情恍惚起来。他想静下心来思考，可大脑却处于兴奋状态。这究竟是怎么回事？井上一点也不明白。

"瞧，仔细看一下。"

螃蟹外星人从鼓着白色泡沫的嘴里又冒出一句话。话音刚落，螃蟹背壳上的两个触手啪地亮了。触手那里，不停地冒出许多白色烟雾。

烟雾里，螃蟹外星人迅速转动自己的身体，旋转速度快得惊人。很快，螃蟹外星人的身影不见了，取而代之的是白色烟雾在旋转。事实上，白色烟雾来自触手。井上的眼前渐渐模糊起来。

就像直升机顶上的螺旋桨那样，只要快速转

动，螺旋桨就像消失了一样。螃蟹外星人身影的消失，与直升机螺旋桨的消失，应该是相同的原理。

白色烟雾在不停地旋转，接着嗖地向上旋转，再接着什么也没有了。井上绕到大树背后查看，也是什么都没有。也就是说，螃蟹外星人像烟雾那样完全消失了。

据说，螃蟹外星人曾经在古山博士别墅的书房里不翼而飞。看来，刚才出现在眼前的螃蟹外星人也是采用这个办法。井上感到太不可思议了，一股莫名的害怕占据全身。

"啊哈哈……吃惊了吧？这就是R彗星人的隐身术。地球人也许大吃一惊，可我们R星球上人人都会这种魔法。现在，我要让你的身体消失。小弟弟，试试看好吗？"

少年变身

螃蟹老爷爷快速变身结束后，笑嘻嘻地从大树背后走出，来到井上身旁猛地抱起他旋转起来。

这时候，白色泡沫和烟雾不知从哪里飞来，将井上的脸围了起来。顿时，井上头晕目眩，眼看就要倒在地上。

"好了，你的身体已经消失了！"老爷爷说道。

井上不由得环视一下自己的身体，一点也没有消失。他用手触摸一下，有脸，有胸膛，有肚子，有腿，身上的部位都在。

"没有消失！"井上说。

老爷爷笑着说道;"自己当然能看见自己,可别人就看不见你了哟!现在,我也看不见你。可我说我看不见,你可能不信……噢,有办法了。瞧,刚才在树林外的那些少年正朝这里走来。我一直没有返回那里,所以他们找来了。现在就试一下吧,试试他们究竟能否看见你。"

刚才围在老爷爷身边的十多个少年,此刻正朝树林里跑来。这现象,井上看见了。

"瞧,老爷爷在那里!"

"老爷爷,刚才的螃蟹怎么啦?"少年们一边叫喊,一边朝这里靠近。

"都到这里来,我让你们看一样有趣的东西。"

老爷爷一边说一边打手势,少年们潮水般地涌来。

少年们一个个地从井上一郎的旁边经过,可似乎都没有发现井上的存在,都与井上擦肩而过。如果他们看见井上,一定会保持适当的距离经过。可他们经过的时候,一个个几乎险些与井上相撞。

啊，井上终于被撞了一下。

那是一个小学三年级学生，由于个矮体弱，撞上井上的身体后四脚朝天地倒在地上。

"啊哟，疼死我了！"

他一边斜着脸叫唤一边爬起来，瞧他脸上的表情，似乎一点也不明白自己为什么跌倒。

"正一，你怎么啦？"一个六年级学生模样的大个少年帮助他爬起来，大声问道。

"我好像撞在什么东西上了。"

"这里没有什么障碍物呀！你看，连高低不平的绊脚石头也没有呀！"

"大概撞上空气了。"正一说起了怪话。

"别说傻话！哪有撞上空气的说法！"

大个少年说完用两只手朝周围摸了一下。

"啊哟，好疼！"

手指像撞上了什么，空气里也许有坚硬的东西。

井上吃惊地闪开身体，可大个少年的手已经触及井上的肩膀。大个少年一脸惊奇的表情，瞪大两眼环视周围，似乎一点也没察觉旁边有井上的身影。

"喂，大家都快来呀！空气里好像有一种坚硬的东西。"

于是，五六个少年围了过来。井上担心再被谁撞上，便朝旁边移动了一下。可这些少年根本就没有朝他看一眼。

"怎么啦？"他们围着大个少年，纷纷问道。

"就是在这里哟！我刚才用手在周围摸了一下，好像撞上一个很坚硬的东西。但这里什么东西也没有，除了空气还是空气，真奇怪！"

大个少年说完，其他两个少年也伸出双手在周围摸了起来。井上见状吓了一跳，又将位置移动到更远的地方。这一回，不再有坚硬的东西了。

"大概是你脑子里产生出的幻觉吧？这世上哪有撞上空气的说法！"

"瞧，这儿什么东西也没有，怎么可能撞上呢？"

少年们用手摸了几下后又接连走了几步。

"啊哈哈哈……"

忽然的一阵狂笑声，令少年们大吃一惊。他们瞪大眼睛环视周围。

"是谁？刚才是谁在笑？"

"没有人笑呀！"

"可我听见有笑声。"

"嗯，我也听见了。大概是老爷爷吧？"

"不像老爷爷的声音，是少年的声音。"

"是的，太奇怪了。"

井上觉得有趣，干脆走到一个少年身边用手捣了一下他的脸部。

"谁呀？刚才是谁捣我的脸？"

大家吓得再也不敢动了，呆呆地站在原地东张西望。

"树林里可能有鬼？"一少年故意压低嗓音，装模作样地说道。

"怎么？有鬼？"

突然，不知是谁一边叫唤一边跑了起来。于是，大家也跟着奔跑。

"那个卖螃蟹的老爷爷太可疑了！恐怕就是鬼！"

其中一个少年一边跑，一边上气不接下气地

说道。

　　听他这么一说，大家更加害怕，大声叫喊起来，跑得更快了。

危及地球

在井上身体被缠上螃蟹外星人魔法的同时，岩谷美术馆遭到了袭击。

不久前，螃蟹外星人从岩谷美术馆的古山馆长家里盗走推古佛像。

岩谷美术馆遭到袭击后的那天夜里，古山博士立即挂电话到警视厅。接电话的是中村警部。最近，螃蟹外星人的骚乱惊动了整个日本。为此，警视厅成立侦破螃蟹外星人的专案组，任命中村警部负责。

"中村警部，螃蟹外星人出现了！"

"真的吗？什么时候？在什么地方？"

"就是现在，可瞬间又消失了。电话里说不清楚，最好请警部光临岩谷美术馆。你来的时候，最好多带几名警察。"

"我知道了，马上就到。"

中村警部放下话筒，带上五名警察坐上警车风驰电掣般地朝岩谷美术馆驶去。到达美术馆的时候，已经是晚上七点。美术馆是五点闭馆，关门后，古山博士和其他三名馆员留在会议室里等候警察到来。

警察被请进宽敞的会议室里，向古山博士他们询问当时的情况。

"中村警部，电话里说不清楚，所以请你光临。我们美术馆里确实发生了令人不可思议的事情。不光我亲眼看到，坐在这里的三名馆员也亲眼看到了。我们这么多人看到，绝对不会有错。我这么说，也许你们不相信？"

"是螃蟹外星人出现了吗？"

"是的，还不止一个，好像有八九个。出现那么多螃蟹外星人，真令人不敢相信。"

"请继续说！"

"警部，螃蟹外星人是从地底下冒出来的。"

"如果这样，螃蟹外星人上次出现在你家院子的时候，肯定也是从地底下冒出来的。"

"不，与上次不一样。当时，院子里的地面确实有洞。可这一次出现的地方根本没有洞，而且什么异常情况也没有。这些螃蟹外星人幽灵般地从地底下冒出来后，又从冒出的地方消失了。消失后，地面没有留下任何痕迹。"

"第一个看见的是我。"其中一个馆员接着说道。

"五点整美术馆关门后，我们三人开始整理卡片。今天，馆长也留下来和我们一起整理。办公室的窗口朝着院子，我们坐在窗前的办公桌旁。当我们着手整理的时候，突然觉得光线暗淡的院子里有东西在移动。

"从办公室窗户到院子围墙的距离，大约有十五米。混凝土围墙边上有许多大杉树，其中一棵杉树下有东西在蠕动。由于光线模糊，起初我还以为是犬类动物。可当我盯着看时发觉不是犬，这时候，大家都站到窗前观察起来。

"'奇怪！还是到那里去看一下吧！'我说完，拿起手电朝那里跑去。其他两位同事也跟着我跑向那里。当我们靠近大杉树的时候，赶紧用手电照亮那里。果然，有一个可怕的东西在蠕动。原来，那是戴着螃蟹背壳的螃蟹外星人。螃蟹外星人从地底下爬出来，背壳下那对眼眸射出火焰般的光紧盯着我们。我们吓得哇哇大叫，拔腿就跑。那家伙不知是受惊还是怎么的，返回地底下去了。我们奔跑了二十米左右转过身来观望，只见螃蟹外星人露出那颗大脑袋，身体下半部分都在地底下。接着，那颗脑袋也从我们的眼前消失了。

"我们待了一会儿，随后重新返回那里查看地面，可什么痕迹也没有发现，更不用说有洞口了。那后来，螃蟹外星人出现在院子里的各个地方，在五个地方同时出现，出现在大杉树的旁边。我们几个到怪物出现的杉树旁边查看，可螃蟹外星人只要一察觉我们过去，很快消失在地底下。螃蟹外星人似乎在捉弄我们，与我们玩起了捉迷藏。好在没有伤害我们。

"可螃蟹外星人威胁我们说，他们持有无所不能的魔法，可以轻而易举地盗走美术馆里所有的美术品。中村警部，请你相信我汇报的情况。这不是我们的想象，而且那威胁的话也是螃蟹外星人说的。"

"还说了些什么？"中村警部继续问道。

"美术馆的地下室是用来存放物品的，可地下室里传来咯咯咯的响声。我听到声音后拿着手电来到地下室，打开地下室门一看，只见螃蟹外星人从地底下露出脑袋和上半身，接着还当我的面露出两只脚。再接着螃蟹外星人开口说话了：'你们美术馆再怎么加强防范也防不住外星人，因为我们无所不能。从今天起，我们将在五天里把贵馆所有的美术品统统搬走。'说完，螃蟹外星人仿佛被吸入地底下了一样瞬间消失了。

"像妖魔一样的R外星人持有的力量，也许地球人目前的能力是无法与其抗衡的。这两起骚扰发生后，我立即给你挂了电话。因为，它们很有可能进行第三次或者更多次的骚扰。"

"这么看来，螃蟹外星人的出现只是威胁你们而已。"

"用骚扰威胁我们，然后在五天内盗走所有美术品。"

"看来，不加强防范措施是不行的。"

"是的，必须加强防范措施。"

"可对手是很难对付的。"

"是的，也许防不住。这些怪物可以自由自在地钻出和钻入地面。可见，螃蟹外星人多半是把美术品带到地底下，然后运到别处。"

"我们警方必须想方设法，不能让他们的阴谋得逞。从今天起，我们一定加强警戒，全力以赴，随时捕获来犯的螃蟹外星人。为了我们神圣的地球，务必将他们一网打尽。"

就在古山博士和中村警部交谈的时候，不料，可怕的事情又发生了。

会议室的窗户外面，四道光束紧盯着会议室里的人们。

"啊！"

发现怪物的警察猛地站起身，跑向窗前。

其余的人也同时把目光投向那里。只见两个螃蟹外星人站在窗外，直勾勾地望着会议室。

警察都带有手枪。四支手枪同时对准两个螃蟹外星人，警察接着迅速打开窗户。谁知螃蟹外星人的动作更为敏捷，一个箭步回到窗前的杉树旁边，并且瞬间消失了。

中村警部带领其他警察跑到院子里，将手电灯光对准大杉树下的地面进行调查，然而地面上什么痕迹也没有留下。

中村警部板着脸返回会议室，走到古山博士跟前十分认真地说道："看来，情况变得更加复杂了。我得马上返回警视厅召开专案组会议，也许要借助军队的力量，当然还要借助那些天文学家的智慧。这不仅关系到日本，而且关系到整个地球的安危，非同小可呀！现在，螃蟹外星人关注的是书画工艺美术品，但我觉得螃蟹外星人不会就此罢休。

螃蟹外星人所具备的能量、魔力，远远超出我们地球人现有的能力。世界各国警察和军队协同作战的日子，应该说就在眼前。不用说，联合国也必须尽快讨论作出一致对付外星人的决议。"

中村警部说这番话时，情绪显得非常激动，铁青的额头上渗出许多豆大的汗珠。

在场的警察、古山博士和美术馆工作人员，听完警部这席话后，无不感到事态的严重性。螃蟹外星人可以随意钻进钻出坚硬的地面，说明螃蟹外星人持有不可战胜的魔力。此外，螃蟹外星人还可轻易变成地球生物。这种威力无比的变身术，古山博士和中村警部还一点都不知道。螃蟹外星人不仅能使自己的身体消失，还能随时随地使别人的身体消失。

对于这样远远超过地球人智慧和能力的螃蟹外星人，我们究竟怎样防备呢？一旦R外星人肆无忌惮，我们的地球也许会提前迎来末日？

彻底被盗

中村警部返回警视厅，主持召开了专案组会议。会议决定：派二十名警察组成美术馆护卫队，从当天晚上开始连续保卫五天。

这是小型美术馆，陈列室只有五个。有二十名警察守卫，完全能确保美术馆安然无恙。

每个陈列室由两名警察昼夜守卫，其余十名警察在美术馆内外巡逻。

一天过去了，二天过去了，三天过去了，螃蟹外星人没有一点动静。

面对由二十名警察组成的铜墙铁壁，螃蟹外星人莫非胆怯，打起了退堂鼓？不过，还没有到放松警惕的时候。今天是第四天，还剩下最后一天。

终于，第五天来到了。白天什么动静也没有，傍晚过后夜幕降临。

美术馆的馆长室里，古山博士和中村警部正坐在沙发上交谈。

"现在是七点，按照外星人说的只剩五个小时。在这五个小时里，还真不知会发生些什么。"

等得有点不耐烦的古山博士喃喃自语。

"外星人的承诺，我看多半兑现不了。我担心的不是这五天，而是五天后一旦警队撤离，螃蟹外星人肯定乘虚而入。目前，他们面对这样坚固的防线只得隐蔽。"

"不，螃蟹外星人不会失约的。中村警部，你没有与螃蟹外星人打过交道，也许不清楚。我见过螃蟹外星人的所作所为，它们是绝对不会失约的。"

古山博士说完，目不转睛地注视着中村警部脸上的表情。

门开了，男佣托着银盘进来，将两杯咖啡放在茶几上。

"哦，好香的咖啡，想得真周到。别光给我俩哟！给所有的警察兄弟都送上一杯咖啡！"

古山博士吩咐说。男佣微笑着点点头："是，我明白了。馆长，我都事先准备好了。"

男佣恭恭敬敬地答道，转身走出馆长室。

古山博士和中村警部一边交谈，一边喝咖啡。咖啡喝完了，中村警部竟然坐着打起了呼噜。

古山博士见状，站起来走到中村警部身旁，摇晃他的肩膀大声喊道："中村警部，怎么啦？是不是白天太累了？中村警部，中村警部……"

博士不知喊了多少遍，中村警部就是不睁开眼睛。

博士的脸上不知怎么的，露出奇怪的笑容，微笑着走出馆长室。

独自待在馆长室的中村警部睡得很沉，鼾声不停。已经晚上九点多了，他还是没有醒来。中村警部开始做起了梦，一个可怕的梦。

眼前一望无际的沙漠上，辽阔的天空灰蒙蒙的。猛然间，地上长出黑色且味道难闻的东西。看着看着，地上全长满了，多得不计其数。转眼间一个个都是黑色的脑袋，远远望去黑压压的一片。

　　定睛一看，是成千上万个螃蟹外星人从地底下冒出，朝这里走来。

　　中村警部打算逃走，可两条腿不听使唤。他想喊救命，可没有声音。

　　黑压压的螃蟹外星人围了上来，包围圈越来越小。充满腥味的螃蟹脑袋相继压来，压得中村警部喘不过气来。他使劲挣扎……眼睛突然睁开了。

　　"太可怕了！竟然是梦。"

　　他望了一眼茶几右边沙发上的古山博士，好像也在熟睡。

　　"古山先生，快起来，古山先生。"

　　他走到沙发边上摇晃古山博士的肩膀，终于，古山博士醒了。

　　"大概是太累了，不知不觉地睡着了。"

　　他说着，不可思议地环视一下周围。

"我也是刚醒来，真不可思议。瞧，我俩都稀里糊涂地睡着了。"

"你也睡着了？看来，睡着的也许不光是我们两个？我们上当了！"

"什么？上当了？"

"是的，先调查一下再说。说不定发生什么糟糕的事情了。"

古山博士慌慌张张地跑出房间，中村警部也跟着跑了出去。

古山博士闯入第一陈列室。

"啊呀，不好，果然不出我所料。"

两位警察躺在陈列室的角落里，正打着呼噜呢！

中村警部也闯进陈列室，赶紧蹲在地上摇晃正在熟睡的警察。

"喂，快起来！到底发生什么啦？"

两个警察一边揉着眼睛，一边摇摇晃晃地爬起来。

"瞧，陈列橱里的美术品不翼而飞了。"古山博士大声嚷道。

陈列橱里空空荡荡的。

"不好，美术品被全部盗走了。"其中一个警察也大声喊了起来。

"快，快到其他陈列室看一下。"

古山博士和中村警部急忙跑出去，逐一将其余陈列室都查看了一遍，不料竟与第一陈列室的情况相同，美术品都被洗劫一空。

"快到办公室去，馆员们应该在那里。"

博士说完立即跑向那里，推开房门，见四位年轻馆员都趴在桌上熟睡。

他俩又赶紧跑到别墅外面，十名巡逻警察也都躺在地上睡得正香。

原来，所有的人都喝了男佣端来的咖啡。

"照这么说，那家伙疑点最大。"

古山博士走在头里朝男佣房间跑去，连人影也没有见着。

大家分头寻找，还是没有发现男佣的影子。一定是逃之夭夭了。

"他让我们喝下咖啡，趁我们熟睡后将所有美术品搬走，可单凭那个冒充男佣的螃蟹外星人，不可能有如此能耐。"

"搬走那么多美术品至少要三辆大卡车，装卸工也不可能只有他一人。"

"那，那些螃蟹外星人……"

中村警部想起刚才做的梦，浑身打起哆嗦，说："不用说，肯定不止一个两个，起码有十个以上的螃蟹外星人来过这里。"

那些头顶螃蟹背壳的外星人，一边闪烁贪婪的目光，一边不停地来回搬运美术品。想到这里，大家你看看我我看看你，都不吭声了。

案发第二天的各大报纸纷纷刊登岩谷美术馆被洗劫一空的报道，瞬间轰动了整个日本，市民们惊恐不安起来。

将美术馆内陈列的美术品彻底盗走的案件，似乎史无前例。

地下囚犯

　　且说井上一郎遭到诱骗，在涩谷区某神社树林里被隐去身体，随后被带到螃蟹外星人的住地。螃蟹外星人动作神速，没几天时间就已经在东京都内建造了临时住所。

　　"你不可能逃走了，因为你的身体已经消失。地球人已经不再承认你是他们的同类人，为此我打算把你带到一个好地方，不过要蒙上你的眼睛。现在，我还不能让你知道去那里的路线。"

　　螃蟹老爷爷边说边取出黑手巾，将井上的眼睛蒙住。

井上决定将计就计，弄清螃蟹外星人的秘密。

眼睛被蒙上后，井上整个身体被螃蟹爷爷抱着，仿佛在腾云驾雾。

接着，他被抱到椅子上。瞬间，椅子轻飘飘地浮起。

在空中飘浮的感觉一直持续三十分钟左右，椅子不再飘浮。接着，他似乎被螃蟹抱着走进了房间，沿着楼梯一会儿上楼一会儿下楼。

看似老态龙钟的螃蟹爷爷，根本没把井上的体重当一回事，轻轻松松地抱在怀里走着。这实在令人不可思议。螃蟹爷爷其实是外星人化装的，抱着井上走路简直像怀抱婴儿似的。

"好了，蒙在眼睛上的手巾已经没有必要了。等一会儿，我还有话要对你说。请在这里等一下！"

说完，螃蟹爷爷为井上解开黑手巾后离开房间，咔嚓一声，房门外侧被上了锁。

房间里没有窗，天花板上悬挂着一盏光线微弱的小灯。

井上觉得头晕目眩，整个房间仿佛在摇晃，四周墙面波浪似的浮动。

难道是螃蟹外星人在施展魔法？

不，不像是这么回事。墙面浮动肯定有什么秘密，必须靠近墙面查看。

井上走到右侧墙面瞪大眼睛观察，墙面确实形同波浪在浮动。墙上，无数小东西拥挤在一起。

"啊，是螃蟹。"

确实是螃蟹！成百上千个螃蟹聚在墙面上，拥挤着爬行。

背后的房门开了，有人走进来。

井上虽然察觉到了，可心里害怕，不敢转身看个究竟。走进房间的家伙肯定是螃蟹外星人，比墙上的螃蟹要大几百倍。

"啊哈哈哈……我是带你到这里来的螃蟹爷爷。我已经恢复成原来的模样了，你快看呀！"

井上无可奈何，提心吊胆地转过脸去。哦，可怕的螃蟹妖怪正叉开双腿站在门口。

"你是少年侦探团的井上一郎吧！我早就知道你的身份了。我以把你带到这里来为目的，让你作为诱饵引诱其他少年侦探钻入我布下的陷阱。哈哈，为什么呢？这里面有很深奥的道理，现在还不能告诉你。

"你摸一下自己的口袋，怎么样，BD团徽都不见了吧！听说，你们少年侦探的口袋里都放有二三十枚团徽。我把你那些团徽全掏了出来，从树林一直撒到我这里的院子门口。你明白我的动机了吗？我那样做，是想让你的伙伴都来这里集合。如果小林团长能来，那是我最高兴的了。哈哈哈……"

奇怪！刚来到地球上的螃蟹外星人，对于少年侦探团怎么知道得这么详细。不可思议！

螃蟹外星人把少年侦探们诱骗到这里的目的，究竟为了什么？

"明白了吗？你已经是我的同伙，因为你的身体在地球人看来已经完全消失。因此，你的那些伙伴见不到你。让你住在这里也是为了你自己，要不了多久我会让你恢复原来模样的。"

井上越发觉得奇怪，螃蟹外星人的日语怎么

说得如此流利。看来，外星人的智慧远远超过地球人。

从这天起，井上便在这个一无所知的房子里生活。

螃蟹外星人的数量好像有十来个，经常外出，难以凑在一起。因此，确切的人数无法统计。

不清楚这些怪人的主食是什么，但它们每天给井上送来的是面包、牛奶和咖啡。床垫也很柔软，睡在上面很舒服。螃蟹外星人还经常嘘寒问暖。因此，井上也没有什么不自在的感觉。

这些螃蟹外星人好像忙得不可开交，一会儿出门，一会儿回来。有时候竟走得一个也不剩，只留下井上一个人。

井上遇上这种情况便忍耐不住，悄悄溜出房间调查这个住宅。

这是一幢二层楼建筑的别墅，属于欧式风格，有地下室，地上建筑总共有大小十五个房间。

每当螃蟹外星人全都出门的时候，井上便对这些房间进行详细调查。每个房间内都放有床和大橱柜，但有一个房间什么家具也没有，只有一个大保险柜。这一发现让井上大吃一惊，没想到螃蟹外星人也使用保险柜，令人难以相信。

查看完地面上的房间后，接着调查地下室。最初，他是被关在地下室某房间里的，而这个房间里有许多螃蟹。除螃蟹房间外有一个大仓库，堆放着一些不值钱的东西。当查看还在进行时，不知从哪里传来奇妙的声音。

仔细辨别，好像是从前方传来的。

井上屏住呼吸，竖起耳朵倾听。

咣当……果然是前面传来的。墙是砖结构，也许墙上有秘密通道的门？井上想到这里，摸着墙面朝纵深处走去。越往前走，响声越清楚。

"看来，这地方可疑。"他用手摸了一下，那里的一块砖晃动起来。

"哦，就是这里！"井上用手指拽了一下，砖块朝房间方向移动。

移去后的砖块背后露出一个锁眼。如果有钥匙插入，砖墙一定会像房门那样打开。没有钥匙，门是不会开的。

"好，我去找一根钢丝来。"

井上自言自语。通常，只要有一根钢丝，大部分的锁都可以打开。井上使用这个办法不是为了盗窃，而是为了侦查。

井上在地下室里到处翻找，发现一根捆扎在物品上的钢丝。他将钢丝取下，按照制作钥匙的要领弯曲，随后插入锁眼转动。反复多次后，他终于将锁打开了。

井上使劲推墙面，于是，砖墙像门那样朝里开了。

这是一个小房间，地下室灯光顺着暗门照到房间里。

"有人吗？"井上问道。

"呜呜呜……"

房间里传来令人不寒而栗的声音。井上鼓起勇气走进房间。

"是谁？到我这边来！"

黑暗中传来咣当的声音，只见地面上有人朝着灯光的地方爬来。

　　"你，你是日本人吧！"

　　"嗯，是日本人。你也是日本人吧！看上去，你不像外星人的同伙。"

　　说话的，是一个五十岁左右的男子。

金属响声

"是的，我是被螃蟹外星人抓来的。"说完，井上似乎想起了什么。

螃蟹外星人的魔力使自己的身体消失了。他一直觉得别人看不见自己，可是……

"叔叔，你能看见我的身体吗？"井上提出一个奇怪问题。

"当然能看见。你是一个非常强壮的少年。"男子笑着答道。

难道螃蟹外星人的魔力已经失效？难道自己的身体已经可以被别人看见？井上冒出奇怪的想法。

此时此刻，男子根本不知道井上有这样的想法。

井上和男子交谈两三句后，啊地叫了一声，险些倒在地上。

接着，俩人又窃窃私语了一会儿。可再交谈下去，一旦被外星人发现可就麻烦了。无奈，他俩依依不舍地分别了。

"请叔叔再忍耐一段时间，光我一个人的力量是无法救助你的。但请相信，你一定能获救。我们少年侦探团有大侦探明智先生和团长小林的领导，不会败给外星人的。"

井上说完又鼓励男子几句，离开了那个秘密房间，关上房门后用钢丝钥匙将门锁恢复原样，随后返回一楼自己的房间。

面对刚才意外的发现，井上心里似乎明白了许多。被关押在地下室的那个男子，原来与自己一样是地球人。自己随意轻信螃蟹外星人的话，还一直以为别人看不见自己的身体，其实根本就没有这回事，自己的身体压根儿就没有消失过。螃蟹外星人太可疑了！必须弄清他们的真面目。

井上所在的别墅非常宽敞，除外出遭到禁止外，他可以自由走动。他好几次试着逃走，屡遭失败。

正门以及边门都有螃蟹外星人把守。窗外是坚固的铁栅栏防盗窗，想翻窗逃走根本不可能。

夜已经很深了，井上脱去上衣钻入被窝准备睡觉，由于大脑思绪万千，怎么也睡不着。

好在白天的一整天调查，疲惫不堪的感觉开始出现。他的眼皮迷迷糊糊地合了起来。

突然，别墅外面传来嘈杂声。

怎么回事？井上跳下床跑到窗前朝外眺望，从窗户可以看到院子大门内外的情况。

院子大门外好像停着一辆卡车，不是一辆，而是三辆。

一看手表时间，已经是十二点了。

从卡车上走下许多人，浩浩荡荡地穿过大门朝别墅玄关走来。虽说周围光线朦朦胧胧的，但借助微弱的门灯可以隐隐约约地辨别。

"啊！是螃蟹外星人。"

朝别墅走来的都是清一色的螃蟹，令人毛骨悚然。它们有的肩上扛着，有的合在一起抬着，不知在搬运什么。总之，热火朝天，忙忙碌碌。

在这些搬运的东西中间，有的像正方形的大镜框，有的像凹凸不平的雕刻品，有的像小箱子。其表面，都包有一层白色布罩。

这些用白布蒙着的物品究竟是什么？

井上暗自下了决心，一定要调查清楚。他悄悄离开房间朝玄关走去。那里，白色货物堆成山，白布没有解开。

"不行，不能再过去了！"

井上站在走廊观望了一会儿。这时候，有一个螃蟹外星人朝别墅走来。

井上赶紧转身沿走廊跑了起来。刚跑二十步左右，前面转弯的地方也出现了一个螃蟹外星人。井上被前后夹击动弹不得，朝前或朝后跑都是被抓。他赶紧朝左右两边查看，发现左边房门虚掩着。已经没有时间考虑了，井上猛地推门闯入房间，关上房门后使劲屏住呼吸。

这时候，从玄关传来的脚步声在门前经过。可另一个从后面传来的脚步声却在门前停住了，并且在转动门的把手。看来，螃蟹外星人准备进入房间。

井上环视一下房间，发现有壁橱。眼下，壁橱是唯一的藏身之地。打开壁橱门，里面黑乎乎的没有一丝亮光，壁橱顶上好像悬挂着什么。忽然，脸被撞了一下，发出一阵响声，好像是几片重叠在一起的金属片。

眼下是非常时刻，井上心里只有一个念头：无论如何不能被抓住。他根本无暇考虑金属片究竟是什么东西。

可壁橱门的把手也在转动，糟糕！也许螃蟹外星人发现井上了？

井上赶紧后退躲到壁橱最深处，屏住呼吸，两眼紧盯着壁橱把手。

谁知站在门前的螃蟹外星人竟做出令人吃惊的举动。只见他举起剪刀般的双手，将自己的脑袋向上顶起。

接着，脸、手、脚和身体的其他部位被一一摘下。这些东西都是用薄金属片制成的，可以像铰链那样折叠。脸上那对眼眸嵌入两只小灯泡，靠电池发光。

卸掉身上的这些金属外套后出现在井上眼前的，居然是身穿衬衫和长裤的地球人，脸型、五官和肤色与日本人相同。

到底是怎么回事？井上简直不敢相信自己的眼睛。

这个地球人不知道壁橱里藏着井上，把脱下的外套挂在壁橱里的挂钩上，随手关上了壁橱门。

这个大壁橱是螃蟹外星人专门用来挂外套的。井上刚才躲入壁橱时，脑袋不小心碰上金属外套而发出了响声。这个大壁橱里，至少挂有三四套这样的金属外套。

小林被困

次日正午刚过。

井上坐在椅子上，门被推开了。只见一个少年跟跟跄跄地进入房间，好像背后被谁猛推了一下。

"啊，是小林。"

井上吃了一惊，赶紧上前扶起倒地的小林。

"啊哈哈哈……井上，我把你们的团长带来了！好了，你们俩就慢慢地聊吧！"

接着，门被啪地关上，随后传来锁门声。

井上一个人的时候，房门从来没有上过锁。可今天与小林两个人在一起的时候，螃蟹外星人却把门给锁上了。

"是BD团徽被敌人利用了！有人拾到团徽送到我那里，我便悄悄潜入这里营救你，却很快被发现了，中了敌人设下的圈套。"

小林说完，井上点点头："是的，中了螃蟹外星人的诡计。哎，小林，我有一个重大发现。"

接着，井上把自己调查掌握的情况详细地向小林说了一遍。

"嗯，你说你的身体被螃蟹外星人弄消失了，其实这是假的。因为我能清清楚楚地看见你。"

"可是，树林里那些少年根本没有看见我。有的撞上我竟然倒在地上。我当时就像穿上隐身衣似的，太有趣了！"

"嗯，这里有敌人的阴谋。你刚才说在地下室里发现一个被关押的人，还发现卸掉螃蟹外套的家伙不是外星人是日本人。这与明智先生的推断完全一致。先生果然有超常智慧，一眼就识破了这些家伙，太了不起了！"

"小林，这究竟是怎么回事？外星人到底是怎么回事？"

"现在，我还不能马上下结论。当务之急，我们应该设法把重要情报尽快告诉明智先生。我俩必须越狱！不光我们两个，最好把地下室的那个囚犯也带出去。"

小林说完，沉思片刻，目光炯炯有神，显得信心十足。

"哦，我有办法了。我们三人一定能顺利越狱，今天晚上就行动！"

两个人压低嗓门商定越狱办法。

晚上八点左右，小林取出平时一直放在口袋里的万能钥匙，将门锁打开后和井上一起蹑手蹑脚地走出房间。

三十分钟过后，三个螃蟹外星人沿走廊朝玄关走去。玄关两侧站着两个站岗的螃蟹外星人，见同伴出门便举起蟹钳手敬礼。三个螃蟹外星人也举起蟹钳手晃了几下，表示回礼。

走出院子大门，周围是一片空旷而又冷清的草地。

"这里是北多摩郡。"其中一个螃蟹外星人对其他两个同伴说。

　　距离贼窝两百米左右的地方是一片树林，树林里停着一辆没有打开车灯的轿车。三个螃蟹外星人钻入轿车，其中一个坐在驾驶席上朝东京方向驶去。

　　车在宽阔的柏油路上奔驰。

　　"奇怪！那辆轿车一直在跟踪我们，不会是警车吧！路上就我们这辆车，一定是追赶我们的。"

　　"看到我们身上的奇怪模样，也许觉得可疑而追了上来。没关系！让他们追吧！"手握方向盘的螃蟹外星人说。

　　"不好，又驶来一辆警车！现在有两辆警车在追赶我们。"

　　这时候，警车拉响刺耳的警笛。他们追赶的目标，不用说是三个螃蟹外星人乘坐的这辆轿车。

　　不能减速，必须提速。这时候，正前方也出现了警车，三个螃蟹外星人的轿车陷入了死胡同。

　　螃蟹外星人只好停车，将轿车停在路边。

从前面驶来的警车突然刹车，停在外星人的轿车前面。从警车里走下五个警察，将螃蟹外星人轿车团团围住。

警察手里的灯光，将三个螃蟹外星人照得睁不开眼睛。

"你们是什么人？"

警察大声问道，五支黑洞洞的手枪对准三个螃蟹外星人。他们连忙脱掉身上的螃蟹形状的金属外套。

第一个露出脑袋的是小林。

"我是明智大侦探的助手，叫小林芳雄。"

"啊，你是小林？"

那张脸与报上刊登的小林芳雄照片相似。凡东京警察几乎都知道，明智大侦探身边有一个机智勇敢的少年助手小林芳雄。

"你们为什么打扮成这般模样？这不是螃蟹外星人的模样吗？难道遇上什么危险了？"

"我们这样打扮是有原因的。现在，我们必须将重要情报向明智先生和中村警部汇报。在没见到他们之前，我们什么也不能说。请原谅！另外请允许我们立即离开这里，因为情况十万火急……"

话音刚落，小林突然脚踩油门将车开走了。

五名警察吃了一惊，赶紧让到路边。

小林转过脸往后看，见警察们频频摇手好像在吼什么。他毫不在乎，朝着明智侦探事务所飞速驶去。

坐在车上的，除小林之外，一个是井上，另一个是从地下室救出的男子。

螃蟹外星人到底怎么回事？好像不是来自遥远的星球，而是十足的怪人。总之，他们使用地球人无法模仿的妖术。瞧，他们居然能迅速同化成日本人。

最初的螃蟹外星人，据说是从铫子附近的海里浮出的。其次，是从古山别墅院子地底下冒出的螃蟹外星人，还闯入书房盗走推古佛像，然后不翼而飞。按理说，当时许多人包围了书房，根本没有螃蟹外星人可以逃走的间隙。奇怪的是，书房里没有螃蟹外星人影子。

接着，螃蟹老爷爷出现了。他将井上诱骗到树林里，先是消失自己的身体，接着消失井上的身体。井上当时站在树林里，而周围的十几个少年竟然看不见他的存在。

最后，美术馆里的所有美术品被盗。曾经，螃蟹外星人先从院子里的杉树旁边的地底下冒出，后从地下室地面冒出，接着又在出现的地面消失。在古山别墅院子的杉树旁边，留有怪人从土下冒出的洞穴。可美术馆里的地面没有洞穴，这些螃蟹外星人从地下冒出又随即消失。

这种不可思议的现象该怎么解释？螃蟹外星人施展地球人没有的智慧，明智大侦探和小林也该施展超出常人的智慧与螃蟹外星人较量一番。

明智登场

小林和井上不仅自己逃脱，还从贼窝里救出男子。与此同时，岩谷美术馆的馆长室里正在举行会议，参会者有古山馆长、中村警部和明智大侦探。他们围着大圆桌商量如何侦破这起特大盗窃案。

美术馆里的美术品被全部盗走，说起来似乎危言耸听，简直令人难以置信。案发后，警方赶到现场展开搜索，没有得到任何线索。于是，古山馆长想起大侦探明智小五郎，希望他出面侦破。这天傍晚，中村警部带着好朋友明智小五郎匆匆来到岩谷美术馆。

古山博士见到明智先生，立即把几天来发生的情况详细地叙述一遍。

第一次，螃蟹外星人出现在古山别墅院子的树林里；第二次，螃蟹外星人闯入古山别墅的书房，盗走推古佛像后消失在书房里；第三次，螃蟹外星人出现在美术馆院子和混凝土结构的地下室。那天晚上，所有美术品被洗劫一空。

古山馆长一五一十地说着。就在他快要叙述结束的时候，门被推开了，走进一位警察，径直来到明智大侦探身边轻轻耳语几句。美术馆周围有数名警察保卫现场，这是其中一名警察。

"我有点事，出去一下马上就来，对不起。"

明智大侦探说完跟着警察一起走出房间。

大约三十分钟过后，明智大侦探回来了。

明智大侦探一脸难以捉摸的表情，一声不吭地坐在椅子上。可他最终还是没能憋住，猛地爆发出一连串狂笑声。

"哈哈哈……失礼了。越想越觉得奇怪才忍不住笑出了声。古山、中村，这真是一个天大的笑话，不仅轰动日本，而且轰动世界！"

古山馆长和中村警察不由得愣住了，觉得明智大侦探今天的表现有点失态。尤其对于明智大侦探的笑声和这番话感到莫名其妙，难以理解。

"哈哈哈，你们知道吗？报纸、电台和电视台都上当了！不，我们也上当了！那家伙是世界一流的奇术大师！当然，宇宙出现R彗星是事实。可R彗星上居住螃蟹外星人是一派胡言。从千叶附近海里出现的螃蟹外星人和轰动整个东京的螃蟹外星人，都不是来自R彗星，而是来自我们地球。这家伙自编自导自演，闹得新闻媒体和我们警方跟着他白忙了一遭。这家伙利用R彗星的出现，编造R彗星上的螃蟹外星人在地球着陆的闹剧。幸亏还没有闹得天翻地覆。报纸、电台和电视台不仅误入圈套，还充当了一回宣传谣言的帮凶。炮制大骗术的，无疑是惯于招摇撞骗的老手。他企图蒙骗世界，当然也成了世界的笑柄。"

明智大侦探说完，又哈哈大笑起来。

瞧古山馆长和中村警部脸上的表情，似乎还是什么也没有听懂。

"美术馆里的美术品，仅一个晚上就不翼而飞了。明智先生，这可不是地球人干得了的呀！此外，还有其他一些不可理解的现象。"

中村警部满腹狐疑地望着明智大侦探。

"好，我就按照顺序解释吧！所有的谜，所有不可理解的现象我一清二楚。我先从古山馆长家的书房说起。"

明智大侦探话音刚落，门又被推开了，走进来三位警察。他们根据明智大侦探的眼神，分别站在门口和两个窗前站岗。这样一来，室内的任何人都不可能逃出房间。

可这样做又究竟为什么？房间里的古山博士、中山警部和明智大侦探，都称不上犯罪嫌疑人。

"我先说说螃蟹外星人是怎么从书房里消失的。"明智大侦探重复第一个话题。

"螃蟹外星人的身上，穿的是采用薄金属片制成的螃蟹外套。也就是说，隐藏在外套里面的家伙和我们一样都是地球人。

"螃蟹外套可以折叠得很小，不占用地方。大家记得，书房里不是有许多小木箱吗？那家伙闯入书房，把推古佛像和折叠得很小的螃蟹外套藏在其中一个小木箱里。大家搜索书房时首先寻找的目标，是螃蟹外星人隐藏在哪里。为找到螃蟹外星人的踪影，大家甚至连书架背后也查看过了。但是，没有人会去打开小木箱寻找。因为，一个螃蟹外星人不可能躲在小木箱里。那么，脱去螃蟹外套的怪人隐藏在哪里呢？当时，大家将书房门呈一字形推开冲入最里面的书房。

"由于抱着尽快抓住螃蟹外星人的念头，大家都把注意力集中在书架背后。其实，那个罪犯隐藏在门后，等到大家冲入最里面的书房时装作最后一个赶来的模样，混在人群里与大家一起寻找。

"当时，最后进来的那个人是谁？"

"是我。"古山博士答道。

"我当时正巧在自己的书房里，听到喊声赶紧来到现场。不过，比在院子里巡逻的警察晚到一步。"

"当时你究竟在不在书房里，谁也没有看见。你穿上螃蟹外套，在院子里的大杉树旁挖一个洞，把下半截身体埋在里面。然后装作从洞里爬出来的模样，闯到书房门前捆绑警察，接着闯进书房后迅速脱去螃蟹外套，把折叠后的外套和推古佛像一起藏在小木箱里。你的这番表演简直天衣无缝！"

"哈哈哈……这太奇怪了。你在说什么呀？那个被盗的推古佛像是我借来的！我为什么要偷自己借来的东西？岂不太愚蠢了……"古山博士尴尬地笑了起来。

"是的，按照常人的思维逻辑，盗贼不可能偷盗自己借来的东西。可那个家伙的目的，是制造外星人在地球上着陆的假象误导善良的人们。

"当螃蟹外星人在树林里出现的时候，大家都没有看见。而亲眼看见的是少年侦探团的团员井上一郎。警察，把那个叫井上一郎的少年请进来！"

听明智大侦探这么一说，古山馆长吃惊地从椅子上站起来。

"古山馆长，请镇静！我正要开始说呢！现在进入主题，请坐下！"

古山馆长的脸色唰地一下变得苍白。他环视一下整个房间，门口、窗口都有警察把守，已经无路可逃。

明智大侦探朝把守门口的警察做了一个手势，警察连忙打开房门向站在走廊上的两个少年招手。他们是小林和井上，身上的螃蟹外套已经换成平时的衣装。

古山馆长一看到这两个少年，差点从椅子上瘫倒在地上。

他贼一般地扫视房间，脸上流露出慌张的神色，极力使自己镇定下来。

孪生兄弟

　　两个少年走进房间坐在椅子上，这时，明智大侦探开始说话了："井上，请把你看到的情况叙述一遍，还有你觉得不可思议的情况，你的身体不是被螃蟹爷爷变消失了吗？"

　　"好的。"

　　井上打开话闸："那天遇上螃蟹爷爷后，我跟着他来到树林里。片刻，螃蟹爷爷变成了螃蟹外星人。后来，自己的身体被他施魔法后消失了。当时有好多少年从我身边走过，却没有一个发现我的，其中一个少年撞上我一下子跌倒在地。"

"那，你现在还觉得自己消失了吗？"

"根本没有这回事。不过，当时我对螃蟹爷爷的话深信无疑。自己明明站在那里，而身边那么多少年却不知道我的存在。他们经过我身边时，不仅不看我一眼，有的还撞在我身上。后来我在贼窝的地下牢房里见到一个人，可他把我看得清清楚楚的，使我对螃蟹爷爷的说法产生了怀疑。可我还是有疑问，树林里的那些少年为什么看不见我呢？"

"首先，螃蟹爷爷在树林里瞬间消失了。于是，你就深信他具有让人消失的魔力。当时，你真以为螃蟹爷爷消失了吗？"

"是的，他确实在我眼前消失的。"

"其实，螃蟹爷爷不是什么外星人，他与我们一样是地球人，因此不可能消失自己的身体。这也是他的骗术之一。当时，他在大树旁边，那棵树枝叶茂密，树梢上隐藏着他的同伙。那同伙事先将吊轮绑在树上，垂下吊轮里的黑色尼龙绳吊钩。螃蟹爷爷将吊钩拴住自己背上的绳索。由于树林里光线昏暗，我们看不见黑色尼龙绳。一旦吊钩拴住螃蟹爷爷，那同伙便转动吊轮将螃蟹爷爷吊到树上后隐蔽在茂密的树叶里。但就那样起吊的话，秘密会立即让人察觉。为此，必须喷射白色烟雾将螃蟹爷爷罩住，同时挡住他人视线。不用说，喷嘴和烟雾发射装置安装在螃蟹爷爷身体上。后来，螃蟹爷爷如法炮制，把你弄消失了。为了使你深信无疑，螃蟹爷爷再次出现在你的面前，当时还涌来一些少年。其实，这些少年都是螃蟹爷爷一伙的。螃蟹爷爷向他们许诺，只要这些少年协助他做游戏，报酬就是所有的螃蟹。于是，少年们便按照螃蟹爷爷的要求，装作根本看不见你。少年的模仿力强，不管演什么都不会引起别人怀疑。螃蟹爷爷导演了这出骗人把戏。少年们也假戏真做，这是出乎你意料的。因此，你确信自己的身体被螃蟹爷爷完全弄消失了。"

这时候，中村警部插话说："能让聪明的井上认定自己的身体消失，可不是一件易事。说明罪犯绞尽脑汁，精心策划了这起骗局。可罪犯这样做，究竟有什么目的？"

"扮演螃蟹外星人的家伙，一向嗜好这种常人难以想象的恶作剧。第一，他自称R外星人，扮作螃蟹外星人上演戏弄市民的大闹剧。第二，扮演螃蟹外星人的家伙企图——惩罚少年侦探。先软禁骨干井上，使用BD团徽作为诱饵伏击小林团长。小林接到别人送来的团徽，误以为这是营救井上的线索，而中了歹徒的圈套成了阶下囚。这两个少年侦探入狱后没有丧失信心，而是开动脑筋从牢里逃了出来。在出逃之前，他俩将螃蟹外星人的秘密摸得一清二楚。我听了他们的汇报，打心底里为少年侦探团感到骄傲。"

　　"原来是这么回事！可是，还发生过令人费解的怪事。记得在螃蟹外星人出没的地面上，既没有洞口也没有裂缝的痕迹。螃蟹外星人能自由自在地从地上冒出，接着又在出现的地方消失。这情况发生在美术馆的院子和地下室里，如果螃蟹外星人系地球人扮演，这又怎么解释呢？"

　　"解这个谜，再简单不过了。"明智大侦探不假思索地答道。

"请明智先生解释一下。"

中村警部面对错综复杂的案情，恭恭敬敬地向明智大侦探请教。

"中村警部，如果从正面解这个谜，是很难找到答案的。请问，这情况是你自己亲眼见到的吗？"

"地下室里发生的情况，是古山馆长告诉我的。可院子里发生的情况，当时我在场。记得那天我与古山馆长说话，发现螃蟹外星人站在窗外望着我们，我的部下冲到窗前，那家伙却一溜烟跑到大杉树旁边，眨眼间无影无踪了。当时的地面上，没有留下任何痕迹。"

"噢，这和我刚才说的一样，他们用的是同一个手法。事先由同伙躲在树上，通过吊轮将螃蟹外星人吊到树上。当时是晚上，看不见那里有黑色尼龙绳。在此之前，你已经听过古山馆长关于螃蟹外星人从地面消失的介绍，当然深信无疑。"

"照这么说，是古山馆长编造的谎言？"

"是的，除此之外找不到其他答案。"

听到这里，古山馆长再也按捺不住了，瞪大两眼吼道："明智先生，我请你到这里来不是让你胡说八道的，是请你解开珍宝被盗真相的。谁知你竟说了那么多漫无边际的话，好了，请别再信口开河了。我现在想知道的是，罪犯是怎么盗走那么多美术品的？罪犯现在又在哪里？"

明智大侦探听到这里，忍不住笑出了声。

"你真想知道吗？"

"当然喽！"

"那我可真说了哟！那罪犯就是……"

明智大侦探与古山馆长之间怒目而视。

"那罪犯就在这房间里。"明智大侦探斩钉截铁地说道。

"是真的？"

"是的。古山馆长，罪犯就是你。"明智大侦探用手直指古山馆长。

"啊哈哈哈……我一个堂堂的美术馆馆长，怎么会偷自己的东西？别血口喷人！"

"你根本就不是岩谷美术馆的馆长！"

"什，什么？你说什么？"

"我是说你根本就不是古山博士。"

听到这里，古山博士恼羞成怒地站起来。

"我不是古山，那我是谁？请拿出我不是古山的证据来，否则我……"

"小林，去把证据拿来。"

按照明智先生的吩咐，小林跑出房间，随后扶着一位男子走进房间。

这人是谁？就是井上在贼窝地下室里发现的男子囚犯。由于被关押长达半个月，他脸上长满了胡子，身上的衣裤满是褶皱。可经过仔细辨认，那张脸与坐在椅子上的古山博士非常像。

"你是古山馆长吧？"明智大侦探向那位男子提问。

"是的，我自从遭到螃蟹外星人绑架后一直被关押在地下牢房里。"

"这个坐在椅子上的人也自称古山馆长，现在，我们的房间里出现两个古山馆长，酷似孪生兄弟。究竟谁是真的谁是假的？请你们自己说！"

明智大侦探表情十分严肃。

那个坐在椅子上的古山馆长猛地站起身来，于是，两个模样相似的古山馆长面对面地望着对方。

"明智先生、中村警部，这家伙是假的！美术馆内的美术品被全部盗走，这家伙真可恶！为实施这一盗窃计划，他把我囚禁在暗无天日的地下室里，再化装成我的模样。不用说，谁都不会怀疑馆长会监守自盗。这就是他绑架我的目的所在。"

"嗯，原来是这么回事！"中村警部终于有所醒悟似的大声说道。

"由此看来，昨晚我和警察们喝的是放有安眠药的咖啡，虽然古山馆长和那些馆员们也喝了咖啡，可他们的咖啡里没有安眠药。尽管他们也睡了，但他们并没有真睡着，而是制造假象。

"趁我们熟睡之际，他们和卡车上的那些同伙齐心协力盗走所有的美术品。随后，古山馆长和那些馆员再返回原来的房间装作熟睡模样。噢，对了，古山馆长和那四名馆员都不是美术馆真正的工作人员，是罪犯的同伙。"

就这样，最后的谜底终于揭开。然而古山馆长拒不接受这一铁的事实。态度十分傲慢。

"我不知道这家伙是从哪里来的。把这样的家伙带到这里，想制造我是假古山的冤案，我是不会接受的。我的太太和我的儿子，都可以证明我是真正的古山。"

"是的，你在这半个月里花言巧语，骗取了古山馆长太太及其儿子的信任。这是因为你有高超的化装术和哄骗术。像你这样的化装能人，在我们日本也只有一个。明白了吗？我是在说，他具有二十个脸谱。"

古山博士大吃一惊，全身瞬间变得僵硬起来，脸色也尴尬起来。

"你就是怪盗二十面相！"明智大侦探突然厉声喝道。

"啊哈哈哈……外星人R也好，螃蟹外星人也好，其真实面目就是二十面相。你编造螃蟹外星人来自R彗星的假象，企图再度掀起轰动日本的浪潮，扰乱正常的社会治安。这就是你的目的。二十面相，你还有什么要反驳的吗？"

奇怪电话

不是轰动日本，而是轰动世界。

自称"R"的螃蟹外星人在日本出现的消息，曾刊登在世界各国的大报上。当人们得知出现在日本的螃蟹外星人是冒牌的，是怪盗二十面相所为，先是大吃一惊，随后又哈哈大笑起来。

中村警部打算将二十面相押送到警视厅，考虑到普通警车有可能关不住二十面相，经过一番琢磨，决定使用押送重囚的警车。他电话通知警视厅调大型警车到岩谷美术馆，并派出两名警察随车押送二十面相去警视厅。

押送二十面相的重囚警车出发后，明智大侦探、中村警部和一名警察在美术馆内展开搜索。二十面相的那些扮作馆员的手下不知去向。别墅周围有警察巡逻，按理说他们无路可逃，肯定隐藏在美术馆里的某个地方。可搜寻许久，中村警部他们没有发现丝毫踪影。

　　搜查完毕，明智大侦探无意中朝窗外看了一眼，忽然啊地叫了一声，好像发现了什么。

　　"怎么回事？"中村警部吃惊地问道。

　　"瞧，那儿有一个堆放物品的储藏室，屋檐下还拉有电线。我看它不像电灯线，很像电话线。储藏室里设置电话，难道不反常吗？！"

　　"走，去看一下。"

　　明智大侦探说完冲出房门，中村警部和一名警察也跟着跑向那里。

　　穿过院子进入储藏室，明智大侦探突然将房门紧紧关上。

　　"果然不出我所料，储藏室里有电话。"明智大侦探喊道。

电话机在储藏室的角落里。

"你去把男佣喊来！"

明智大侦探吩咐跟在中村警部身后进来的警察。片刻，警察将美术馆的男佣带到储藏室。

"这里的电话是不是原来就有的？"明智大侦探问。

男佣吓了一跳，随即扫视整个储藏室。

"这儿安装电话我一点都不清楚……我也是现在才知道。像这样的储藏室里不可能安装电话。"

"果然不出我所料！这是二十面相指使部下安装的。"明智大侦探对中村警部说。

"二十面相的部下躲在这里，接听美术馆挂到外面的电话。这个诡计多端的二十面相，事先准备了这么个绝招，以备危急时刻金蝉脱壳。"

突然，明智大侦探不再说话，而是陷入沉思。片刻，他的目光里闪出异样的神色。

"嗯，一定是这么回事。中村，刚才押送二十面相的那辆囚车真是警视厅派来的吗？"

"你说什么？你怀疑那辆囚车是假的？"

"是的。请你立即打电话到警视厅，核实囚车是否警视厅派来的。"

听明智大侦探这么一说，中村警部惊吓得险些摔倒在地，即刻转身朝美术馆跑去。一旁的警察和男佣紧张得不知如何是好，呆呆地站着，眼睛直勾勾地盯着明智大侦探。

"啊，中村在嚷什么？什么？果然被我猜中了！警视厅没有接到派囚车到美术馆的电话。刚才中村给警视厅挂电话的时候，被二十面相的部下拦截了，冒充警视厅指挥中心的人员接听中村的电话。这样吧，我来试试看！"

明智大侦探说完，按动电话机旁边的切换开关。

"喂，喂，是我，我是明智。"

"什么，你是在储藏室接听电话？照这么说……"
中村警部吃惊的声音从电话那头传来。

"是的，躲在储藏室里的二十面相部下称自己是警视厅的人，接听你的电话，并答应派囚车到岩谷美术馆。其实，警视厅根本就没有接到你打去的电话。也就是说，刚才的那辆囚车不是警视厅派来的。"

"那，那是谁派的？"

"是二十面相部下派来营救的车。为以防万一，二十面相竟预备了囚车逃跑。"

"可我的两个部下在车上呢！"

"那两个警察肯定会挨揍！"

"那，我立即挂电话到警视厅，要求在所有道口设卡检查来往囚车。虽不清楚他们驶向哪里，但囚车有明显特征，多半能截获。"

于是，中村警部又一次给警视厅打去电话，要求在全东京范围内设卡盘查，截获那辆载有二十面相的囚车。

溜之大吉

在两名警察的押送下，戴着手铐的二十面相坐上囚车。这辆囚车犹如厢式卡车，门在车尾，两侧各有几个小窗孔，可以顺着窗孔向外望。

车厢内的右侧有一排长椅。通常囚车内的两侧都有座位，可这辆囚车仅一侧有座位。

两名押送警察虽觉得这辆囚车有点反常，但驾驶室里坐着两个人，穿戴和警察一样，也就不再怀疑了。他俩把二十面相夹在中间坐在长椅上。

囚车行驶大约五分钟后，两个警察背后猛地伸出四只手来。

车厢的一面与长椅靠背之间有一条较宽的缝隙，而装有铰链的盖板遮住了这条间隙。此时此刻，盖板被掀开后伸出四只手来，伸向两名警察的脖子。

囚车的右侧为了藏人，故意留出这么宽的间隙。这两个家伙事先藏在盖板下的间隙里，待时机成熟将手伸出。

伸在两名警察背后的四只手握有白手巾。瞬间，白手巾蒙在两名警察的嘴上。

警察大吃一惊，用力拽开从背后伸来的手，但不起作用。被蒙在嘴上的白手巾湿漉漉的，一股刺鼻的怪味透过鼻孔直刺喉咙，令他俩头昏脑涨。不一会儿，俩人失去了知觉。

两名警察瘫倒在椅子上。

"好了，你俩完成得非常好。就让他们睡一会儿吧！通知司机把车开到偏僻的地方，将他们扔在那里。明智现在可能已经察觉到了？道口已经有警察设卡盘查。我们也在偏僻地方下车，否则有危险。"

二十面相一边对藏在盖板下的两个部下说，一边咔嚓一声卸掉手腕上的手铐。众所周知，二十面相是解手铐的高手，这东西对他不起作用。

　　接着，他在椅子跟前蹲下，打开坐垫下的暗门拉出一个大抽屉。

　　抽屉里放有化装道具。仅六七分钟的时间，他已经变成另一个模样的人。

　　刚才，他扮演的是古山馆长。现在，他扮演的是一个六十多岁的老人。

　　这时候，车停在一条比较冷清的路上。

　　"喂，大家都在这里下车。这辆车扔在这里吧！过一会儿，有人发现这辆车，还能救助这两个警察回警视厅呢！"

　　化装成老人的二十面相打开车尾铁门跳下车，驾驶室里坐着的两个部下也跟着跳下车。此刻，他俩早已脱去了警服。另两个藏在椅子后面盖板下的部下身着同样的夹克装，也跳下车。二十面相带着四个部下横穿路边的草地，消失在浓浓的夜色里。

　　明智大侦探揭开二十面相的面纱，并将他抓获

114

交给中村警部。而中村警部万万没有料到，狡猾的二十面相使出绝招乘坐假囚车逃之夭夭。

明智大侦探发现隐藏在储藏室的电话后，立刻察觉到囚车是假冒的。中村警部打电话到警视厅核实，警方立即在东京所有道路口布置哨卡，严格盘查路过的每一辆囚车。直到第二天早晨，他们连押送二十面相囚车的影子都没见着。

螃蟹包裹

怪盗二十面相被抓后逃跑的消息，第二天刊登在各大报上，并且在世界各国的大报上转载。

人们阅读到这则消息后先是吃惊，后又无奈地笑着。

可居住在东京的人们，为之感到震惊和深深不安。东京是二十面相经常出没的地方，不知哪一天又突然出现在你身边。二十面相的恶作剧，让人防不胜防。

在二十面相乘坐假囚车逃跑的一个月后，东京又发生一起怪事。

一天，小林和少年侦探团的主要骨干相继收到邮递员送来的包裹，形状相同。打开一看是一个小纸板箱，纸板箱里装有一只螃蟹。有的螃蟹已经死了，有的螃蟹还活着。活着的螃蟹在纸板箱里爬来爬去，一看见箱盖打开便朝上爬。

他们查阅邮寄人一栏，但上面什么也没写。小包裹里也没有夹什么信，都是清一色的螃蟹。它到底表达什么意思呢？没有一个人能解答清楚。不过，见到小纸板箱里的螃蟹，大家多少有点担心。因为，大家很自然想起那个二十面相曾经化装过的螃蟹外星人。

凡螃蟹外星人出现之前，便会出现许多小螃蟹爬行的预兆。由此看来，包裹里出现的小螃蟹莫非意味着螃蟹外星人即将出现？

少年们接到装有螃蟹的包裹后，都感到异常紧张，纷纷来到小林团长那里共商对策，可一时想不出好的办法。最后一致商定，先观察一段时间后再说。

一天，小林和井上一郎散步。这里是涩谷区附近的一条住宅街，比较偏僻。他们在散步的途中发现了奇怪的现象。

"井上，刚才的街角有一幅画，与这个相同，究竟是怎么回事？"

小林手指着街角那里的石块，石块上有一幅画。

"好像是螃蟹？"

"嗯，是螃蟹。说起螃蟹，最近邮递员送来过装有螃蟹的小包裹。你猜寄包裹的家伙是谁？"

"这还用问，不是明摆着的吗！寄螃蟹给我们的，百分之一百是二十面相。那家伙在向我们挑战，明智先生也说是那么回事。"

"用粉笔在石块上画螃蟹的人，也许是二十面相？"

"嗯，我们查看一下其他地方，说不定还有类似的画。"

忽然，俩少年不约而同地在第二条街角处站住了。那里的下水道铁盖上，也有相同的画。

"啊，我明白了。顺着螃蟹指示的方向朝前走，就可以看到下一个街角也有这样的画。刚才，我们就是顺着螃蟹指示的方向到这里的。"

说完，他们朝第二条街走去。就像预料的那样，那里也有一幅相同的画。

两个人的好奇心越来越强，沿着螃蟹指示的方向不停地寻找。不知不觉，竟走了一公里左右的路程。这一回他们看见的螃蟹画，是画在某别墅院子大门的左侧石柱上。

"井上，这里也许是螃蟹画的终点？"

"嗯，好像是的。我们进去看一下。"

左右门柱中间，是两扇铁栅栏大门。他们推了一下，大铁门纹丝不动。按理说石柱上应该装有门铃，可他们找来找去没有发现。

"我们去问一下周围的邻居。瞧，那前面有一家烟店。烟店里的老爷爷也许会告诉我们这一家的大致情况。"

俩少年来到烟店，向老爷爷打听。

"老爷爷，我想打听一下大铁门关着的那家的情况。那里面住着什么样的人？"

老爷爷一边微笑一边观察俩少年脸上的表情。

"那里面根本就没有人住。"

"是空房子？"

咦，现在这时候，怎么还有空房呢？太不可思议了。

"嗯，现在是空房。既没有人住，也没有人租，更没有人买。"

老爷爷认认真真地说着，同时还闭上一只眼睛。

这一带都是住宅街，店铺仅这一家烟店。已经傍晚时分了，光线逐渐暗了下来。他们望着这条暗淡的住宅街，犹如到了另一个世界。这家烟店里只有一个老爷爷营业员，再瞧瞧他的嘴唇红得发紫，像漫画里的魔鬼，令人感到害怕。

"为什么没有人住呢？"井上问道。

"那房子里据说有鬼，但我不曾见过，是听别人说的。不过，既然一直没有人敢入住，我想那个传说也许是真的？！"

"老爷爷，你知道那院门石柱上画的螃蟹吗？

我们到这里的一路上，遇到好几幅螃蟹画。我们是沿着一路上的螃蟹画走到这里的。"

听到这里，老爷爷的脸色不由得变了。眼睛紧盯着一个方向，红得发紫的嘴唇不停地抖动。

"你们是说螃蟹吗？啊啊，太可怕了！我不想再听了。你们快点回家吧！像这种地方你们不应该来，更不应该在这儿逗留，说不定会碰上倒霉事。快回家，快回家。"

小林与井上面面相觑。

"老爷爷，你为什么变得如此害怕？你一定知道什么吧？"

老爷爷不停地挥着手："不知道，我什么也不知道。啊啊，太可怕了！虽然真实情况没有那么糟糕。但你们俩还是快回家吧。再磨磨蹭蹭的，天色可就全黑了，到那个时候，遇上麻烦可就不好了哟！回家，赶紧回家。"

俩少年又面面相觑，为了不让老爷爷替他俩着急，他们相互间使了一下眼色。

"好吧，我们回家了，老爷爷，再见！"

俩少年转过身离开杂货店，但根本没有打算回家。转了一圈后，他们又来到那家院子的石柱跟前琢磨起来。最后，俩人决定深入建筑物里查个水落石出。

西洋恶魔

　　两个少年装作回家的模样，离开杂货店后转了一圈，接着返回到那幢可疑的别墅跟前。

　　途中，小林给侦探事务所挂了电话，向明智先生报告这一情况，并汇报自己准备潜入住宅侦查的打算。

　　他们先推了一下别墅院子的铁门，门是虚掩的。俩人悄悄潜入院子，沿着铺有碎石的小路向前走了二十多米来到玄关跟前。玄关门非常结实。小林轻轻地试着推了一下门，呵，与院子门一样无声无息地朝里开了。

"对不起，屋里有人吗？"小林大声喊道。

"对不起，屋里有人吗？"

小林重复喊了几声，但没有人回答。宽敞的别墅里静悄悄的，没有一个人出来迎接。看来，这多半是一幢没有人居住的空房。

"进去看一下！"

"好，进去看一下！"

他们相互牵着手脱掉脚上的鞋子，朝屋里走去。

玄关内侧是一条宽敞的走廊，一直向纵深处延伸。走廊两侧有许多房门，都关闭着，房间里似乎都没有人。

他们继续朝前，来到一个敞开门的大房间跟前。房间中央有一张大桌子，周围放有许多沙发，但没有人。

"进去看一下！"小林轻声说道，并上点点头。

他俩走进大房间里转来转去，东看看西望望，窗上有厚厚的窗帘，虽挡住了白天的阳光，但天花板上垂挂着发光的水晶灯。

他俩坐在沙发上相互望了一眼。

"真奇怪！像晚上一样亮着灯……"

"不会有妖怪吧？"

就在这时候，从房间角落里发出一种奇妙的声音，随即冒出许多白色烟雾。

俩少年紧盯着白色烟雾。

白色烟雾越来越浓，无法让他们看清那一大块墙面。片刻，烟雾渐渐散去，出现一个模模糊糊的人影。

这是一个看上去四十岁左右的男子，瘦高个，身穿黑色燕尾服，长着一副西洋恶魔的脸。上嘴唇附近的胡子朝两边高高翘起，下巴上的胡子朝两边微微翘起。他的发型很奇异，左右两端的头发像两只竖角。

粗粗的眉毛下面是一副方形眼镜，镜片向外凸出。镜片后面是一对大得出奇的眼睛。眼睛里还闪着光，令人不寒而栗。

西洋恶魔拂去淡淡的烟雾，慢吞吞地朝他俩走来。

"啊哈哈哈，你们终于来了，欢迎，欢迎。你俩就在这里慢慢地玩吧，玩个痛快。"

西洋恶魔用低沉的嗓音一边说，一边慢悠悠地坐在他俩身边的沙发上。

"请问，你一直在等我们来这里吗？"小林毫不畏惧，语气十分镇定。

"是的！你们是在螃蟹画的引导下来到这里的吧？你是小林，这一位是井上吧？"

"咦，你怎么知道我们的名字？"

"当然知道。我一直得到你们无微不至的关照，怎么会忘了你们的大名呢！我还应该好好谢谢你们才是。"

"你是谁？如果……"小林摆出迎战的架势，紧盯着对方。

"啊哈哈……是的。正像你已经察觉到的那样，我是著名的二十面相。不过，请你俩不必担心，也不必害怕，我并没有关押你们的打算。我这个人，从来就不喜欢伤人和杀人。现在只想让你们观看有趣的东西。

"我知道，你们俩曾向烟店老爷爷打听这幢住宅的主人是谁。老爷爷告诉你们，这里面没有人居住。原因说是有鬼存在。然而你们俩丝毫没有被吓倒，反而大胆地闯进来。我打心眼里佩服你们。真不愧是少年侦探团的骨干分子！为此，我要让你们欣赏有趣的东西。对于我的邀请，你俩不会拒绝吧？"

　　二十面相说完，注视着他俩的表情。小林和井上点点头表示接受邀请，眼下他俩是不会逃走的。

　　"你说的有趣东西，究竟是什么呀？"

　　"是你们从未见到过的东西，一样十分罕见的东西。到时会令你们吓破胆，也许倒在地上爬不起来。"

　　"那东西在哪里？"

　　"就在这里。你们准备好了吗？看！就是那个。"

　　扮作西洋恶魔的二十面相抬头望着天花板打了一下手势。

　　天花板上有一个闪闪发光、直径十厘米左右的圆球，嗖地向下降落。

灯泡上系有一根细绳，多半是电动机械控制其升降的。灯泡下降到距离桌面二十厘米的时候不再下滑，而是在空中旋转。

几百个小镜面组成的圆球在水晶灯光的照射下，犹如美丽的宝石折射出璀璨的光芒。

"你们一定认为R外星人是我编造的谎言。你们还认为螃蟹外星人已经不再出现。

"其实，这种结论还为时过早。二十面相制造恶作剧，引来世人的讥笑。难道那真是我制造的恶作剧吗？这里面还有更深层的意思。这，你们马上就会明白的。道理非常简单。

"好了，该让你们看有趣的东西了。现在，你们俩都注视着悬挂在空中的镜面球。请不要看别处，紧紧地盯着镜面球！"

装扮成西洋恶魔的二十面相，脸上露出可怕的微笑，举起双手，如同乐队的指挥，在空中有节奏地挥动。

小林和井上的眼睛，仍然目不转睛地注视着镜面球。

突然，不知从哪里传来优雅而又低沉的钢琴声，曲调犹如催眠曲。

　　两个人的眼睛虽说一直盯着镜面球，但西洋恶魔指挥的双手忽上忽下，那慢悠悠的情景不知不觉地映入了眼帘。

　　一股说不出究竟是什么滋味的心情油然而生。突然间，那闪闪发光的镜面球像要飞到脑门上似的。转眼间，他们眼前一片模糊。

蓝黑液体

"我让你们看有趣的东西，请到这边来！"

听他这么一说，俩人猛地睁大眼睛搜索。刚才什么也看不清的眼前，突然出现了化装成西洋恶魔的二十面相。

一切仿佛还在梦里……大约三十分钟过后，刚才那个镜面球不翼而飞了。俩少年在西洋恶魔的催促下站起来。

"走，三楼屋顶那儿有我的天文台，跟我一起去那里用天文望远镜观察天体。"

二十面相走出房间，燕尾服背后的下摆在不停地左右摇摆。他沿着楼梯向上走去，俩少年跟着上了楼梯。

从二楼上到三楼，屋顶上有一架大型天文望远镜。

"奇怪！从外面看，这幢建筑物顶上好像没有天文望远镜。"

小林思索片刻，望着井上的脸。不料，井上脸上也是迷惘的表情。

"瞧！现在是白天，我们用肉眼是看不见彗星的。可天文望远镜已经对准R彗星，那颗彗星占据了望远镜的整个镜面。"

西洋恶魔说完，小林第一个凑到望远镜跟前观看天空。

果然是R彗星！螺旋状尾巴在不停地旋转。彗星脑袋的圆形部位聚集着无数小点，与地球、月亮那样的天体不同。即便再高倍的望远镜，也无法辨明那无数小点到底是什么东西。

瞧，无数小点正在往外飞。那些小而黑、灰尘般的粒子，离开彗星头部好像在朝我们这里飞来。

由于飞速惊人，这些小粒子，看着看着竟变得越来越大。一个，两个，三个……啊，居然有十一个。十一个黑粒子，离开R彗星朝我们飞来。

　　已经不再是粒子了，而是圆形扁平的东西。变得越来越大。

　　啊，它们与飞碟相同，一边旋转，一边朝着地球飞来。

　　"糟糕！飞碟离开R彗星朝地球飞来。"

　　"是的。我早就想让你们看这一奇怪的现象。小林，你让井上看看好吗？"

　　这一回是井上把眼睛凑到天文望远镜跟前，观看R彗星。

　　飞碟已经在眼前飞行，争先恐后地朝望远镜跟前靠近，逐渐变成了灰色。

　　飞碟变得越来越大，占据整个望远镜的镜面，眼看就要撞上望远镜。

　　"你们该明白了吧，外星人正在向地球飞来。螃蟹外星人虽被认为是二十面相恶作剧中的一个角色，可通过天文望远镜的观察，就能知道其实并不是那么回事。每天、每时、每刻，外星人都在朝这里飞。要不了多久，地球将被外星人全部占领。"

井上由于看到飞碟就要飞到眼前，害怕得赶紧离开天文望远镜，改用自己的肉眼观看。

可天空中什么也没有。在望远镜里能看到的，肉眼却一点也看不见，说明那些外星人正在遥远的空中飞行。不用说，外星人的目标是地球。

"那些飞碟会降落在哪里呢？"井上询问西洋恶魔。

"可能不是陆地，而是大海。因为最早出现的那个螃蟹外星人是在海里。飞碟同样可以像潜水艇那样，在海底活动。"

小林再一次把眼睛凑到天文望远镜眼前，突然叫了一声，随后离开天文望远镜。由于飞碟飞得太近，他感觉差点撞到自己的脸上。

"好了，我们下去吧！我还有许许多多要让你们看的东西呢。"

西洋恶魔说完，走在前面，沿着楼梯往下走。俩少年仿佛梦游似的，跟在西洋恶魔的身后。

他们走到一楼，接着走进与刚才不同的一个大房间里。

这个房间的窗帘没有拉上，由于黄昏已经来临，加之窗外是茂密的树叶，房间内显得很昏暗。

一身西洋恶魔打扮的二十面相，站在房间中央一声不吭。突然，他像察觉到什么似的，歪着脑袋，竖起耳朵，脸色骤然起了变化。方框眼镜后的那两颗眼球，像杏核那样就要蹦出眼眶。

房间里一共有两扇门，一扇是刚才大家进来的门，另一扇门则在房间内的其他部位，呈关闭状态。二十面相踮起脚尖走到那扇关闭着的门跟前，用耳朵贴着门倾听门外的动静。此时，他的眼睛一眨也不眨，眼里流露出非常胆怯的目光。他究竟听到什么了？二十面相似乎忍不住了，转动起门上的把手将门推开一条缝，朝外窥视。

啊，糟糕！他想关门，可已经来不及了。

蓝黑液体犹如激流，从门外涌入房间。他用力抵着房门，可怎么也关不上。蓝黑液体的冲击力远远超出二十面相的力量。门缝越来越大，蓝黑液体越来越湍急。

二十面相闪开身体打算逃走，不料，蓝黑液体已没过他的脚，黏稠的液体将他的脚牢牢地固定在地面上。

蓝黑液体沿着二十面相的裤子上升到腰部。不一会儿，二十面相的腰部以下已经遍布蓝黑液体。

"啊，那是螃蟹！瞧，这么多的小螃蟹，不是几十只，而是有成百上千只。"井上发现后惊奇地嚷道。

过去，小螃蟹群的出现预示二十面相扮演的螃蟹外星人即将登台。可如今小螃蟹的出现却袭击了二十面相本人，这究竟是怎么回事？难道是小螃蟹们反戈一击，向自己的主人宣战？

"啊，救命！"

二十面相发出惨叫声。瞧，螃蟹已经爬到他的肩膀上。二十面相一个劲地用手拂掉肩上的螃蟹，可螃蟹的数量太多；拂掉一层又上来一层。

小螃蟹们从他的颈部一直爬到脸上。很快，整个脸上全爬满了螃蟹。

"啊，不行了！小林，井上，你们就自己观看吧！别管我！还有许多有趣的东西等待着你们呢！都是一些没有听到过没有见识过的东西。瞧，螃蟹在吐泡沫，马上就要将我的身体溶解。你们别靠近我这里，反正我……"

被螃蟹包围全身的二十面相，连影子也渐渐看不清了。片刻，螃蟹开始吐白色的泡沫。霎时，二十面相的周身仿佛被泡沫淹没了。

接着，更为可怕的事情发生了。被螃蟹白色泡沫淹没的二十面相，身体开始被溶解，变得越来越小，而后变成扁平的东西，最后，竟被溶解得一点也不存在了。剩下的只是无情的蓝黑液体，在地面上漫无目的地流淌。

妖怪螃蟹

小林和井上目睹这一过程，身上激起一层又一层的鸡皮疙瘩，所有的汗毛都竖了起来。

"啊，不好！蓝黑液体正在流向我们这里。"井上嚷道。

蓝黑液体如同毒蛇的舌头，快速向他俩延伸。成千上万个螃蟹聚集在一起，朝他们的脚下爬来。

俩少年突然冲出房间，随后齐心协力地抵住房门。

可蓝黑液体般的螃蟹们，犹如消防水龙头里喷出的水柱，猛烈冲击着。不一会儿，门变成了弓形。

"瞧，蓝黑液体从门下边流出来了。"井上又嚷道。

门下边有条一厘米左右的间隙，小螃蟹们穿过间隙朝他俩涌来，且已经来到他俩的脚下。

两人哇哇大叫，拼命地逃了起来。见走廊左侧有一个敞开着门的房间，便不顾一切地闯进去，随手将门啪地关上。

蓝黑液体流到这个房间需要一段时间，一旦流入房间，俩人决定跳窗逃走。

房间里有三个上下可移动的旧窗，中间那个窗户敞开着。

"喂，那是什么呀？瞧！"小林用手指着那个开着的窗户。

这时候，有一个像大树树干那样的东西穿过敞开的窗口，正朝房间里移动，那是蓝黑色的树干。进入房间的端部向两边叉开，接着时而张开时而合起来。

"那，那是蟹钳，是螃蟹的钳子。"井上喊道。

"应该没有那么大的螃蟹吧？怎么像大树树干那么庞大？不可能！"

他俩仿佛变成了两尊石雕，相互手拉着手。眼睛盯着庞大的螃蟹。

两只粗壮的蟹钳迅速朝房间中央伸展。啊，蟹钳背后分明是螃蟹的两只凸出的大眼眸，在他俩脸上不停地转来转去。

接着，在蓝黑色螃蟹的背壳下出现一张可怕的嘴。白色的泡沫，不停地从两边嘴角往外涌出。这只大螃蟹比人要大上好几倍，是一只妖怪螃蟹。

妖怪螃蟹打算将整个身体移入房间，但由于身体太大怎么也进不来。于是它横着爬行强行闯入，结果，玻璃窗连同窗框一起被撞得七零八落，接着，玻璃掉落在地上砸得粉碎。

两只粗壮的蟹钳继续向房间纵深处延伸，企图朝俩少年的身体剪去，乒乓球似的眼珠恶狠狠地瞪着他俩。

"啊！救命！"

俩少年发出悲惨凄厉的叫声，转身朝走廊方向奔跑。谁知刚跑了五六步，他们被眼前出现的情景惊呆了，两条腿再也迈不动了。

此刻，蓝黑液体已遍及整个走廊，潮水般地朝他俩涌来。

俩人转身朝相反方向跑去。可那儿是充满恐怖的房间，大螃蟹摧毁窗户已经闯了进来。

当俩少年刚要经过那个房间的门口时，房门啪地开了，粗壮的蟹钳钻了出来。两人闪开身体躲过那把剪刀般的蟹钳。

他俩沿着昏暗的走廊不顾一切地奔跑，剪刀般的蟹钳却在背后一个劲地追赶。蓝黑液体的流速不是很快，但大螃蟹的奔跑速度却快得惊人。

俩人一边跑一边回头望着身后，只见螃蟹妖怪占据整个走廊的宽度和高度。那八只大脚不时地发出响声，两颗凸出的大眼珠滴溜溜直转。

"啊……"

井上被什么东西绊倒了，跌倒在地上。瞧！身后的妖怪螃蟹穷追不舍。蟹钳朝两边张开，正在朝井上的腿脚伸去。

小林见状立即返回去拽住井上的手，将他一把扶起。可就在这时候，蟹钳夹住了井上的裤子，井上又倒在了地上。螃蟹妖怪那乒乓球似的大眼珠就在跟前，吐着白沫的嘴角上似乎堆满了笑容。

井上用尽全身力气拼命挣脱，被夹住的裤子终于离开了蟹钳。

井上得救后，跟着小林飞快逃离。俩人漫无目的地往前跑着，也不知究竟应该跑向哪里。

他俩离开那幢别墅来到一片宽阔的草地上。

"咦，这地方怎么会有大草地呢？"两个少年不可思议地环视周围。

螃蟹飞碟

"小林团长。"

"井上。"

原来，许多少年奔跑着涌向这里，他们都是少年侦探团的团员。其中有口袋小和尚、野吕等。小林团长点了一下人数，一共有十三人，加上他和井上，总共是十五个人。

"你们怎么在这里呀？"小林问道。

初中一年级的木村答道："不是你小林团长通知我们的吗？所以，我们到这幢妖怪别墅来了。那个奇怪的老爷爷，将那只闪光的镜面球从天花板往下降落。于是，我们不知不觉地睡着了。当我们一觉醒来时，已经来到这个空旷的草地上，简直像做了一场梦似的。"

小林想不起来自己给大家打过电话，多半是二十面相盗用小林的名义通知大家的。没想到，二十面相竟然连少年侦探们家里的电话号码也知道。他模仿小林的声音，用电话通知侦探团的骨干去妖怪别墅集合。

此刻，小林没时间考虑这些，担心妖怪螃蟹继续追来，急忙扭头观察背后的情况。

咦，奇怪！背后和眼前都变成了一大片草地，西洋别墅也不存在了。这一切，简直像做梦似的！天空、草地、淡淡的乌云，犹如梦幻般的风景。

少年侦探们围在小林团长的周围，口袋小和尚无意间朝天空看了一眼，猛地大声嚷嚷："看，那儿有许多小圆点在飞舞！"

大家抬头仰望起天空。

灰色小圆点在天上飞舞，多得不计其数。

这与小林他们在天文望远镜里看到的情形是一

模一样的。空中飞舞的飞碟，正在朝地球靠近。刚才只能在望远镜里看到的飞碟，现在已经能用肉眼看见了。

飞碟的飞行速度很快，正朝地面接近。越来越大……一个，两个，三个……数不完的飞碟，排山倒海般地朝他们飞来。跟在它们身后的，是灰尘颗粒状的飞碟。

R彗星上果然有外星人！尽管二十面相擅长魔法，可指使飞碟在空中飞舞是无论如何办不到的。螃蟹外星人也许不是二十面相捏造的？

距离小林他们最近的那只飞碟，像装菜的盘子那般大。起初看上去是灰色，现在变成了蓝黑色。

"瞧！那只飞碟下边还长着脚呢！"野吕喊道。

大家定睛一看，飞碟下边果然长着脚，而且是八只脚，还有两只蟹钳。

是螃蟹，不是飞碟。大螃蟹从空中朝这里飞来，密密麻麻，蝗虫般地朝地球飞来。长着八只脚的螃蟹飞碟，变得有下水道铁盖那么大。那毛骨悚然的白色肚子，也清楚地展现在大家的眼前。

螃蟹飞碟迅速变大，挥舞着两只蟹钳和八只大脚朝少年们靠近。

起初，直径约三米。很快，变成四米，五米，六米……它变成一只巨型螃蟹飞碟。当它直径扩大到十一米的时候，最先出现的那只螃蟹飞碟已经在草地上着陆，距离少年们大约一百米。

接着，身后的那些螃蟹飞碟也纷纷着陆。十只，二十只，三十只……不计其数。一望无际的草地上，到处是巨型螃蟹飞碟。

那些妖怪螃蟹挥舞着两只蟹钳，晃动着八条腿，比张牙舞爪的猛兽还要可怕。

靠得最近的螃蟹飞碟背上，好像有什么东西在蠕动。啊！是怪盗二十面相。刚才被一大群小螃蟹溶化的二十面相，不知什么时候骑到螃蟹妖怪的背上，还是那副西洋恶魔的模样。

"啊哈哈哈……少年侦探团的各位团员，怎么啦？受惊啦？我从R彗星来，是为了征服地球。R彗星上的成千上万个螃蟹外星人，都是我的臣民，我是他们的首领。现在，我让你们领略一下螃蟹外星人的英姿！"

草地上空，传来震耳欲聋的巨响。

于是，令人吃惊的情况发生了。每个螃蟹飞碟上出现三个怪人，站在飞碟上不停地往下降落。已经降落在草地上的，有两百多只飞碟。由于每只飞碟的背上都站着三个怪人，远远望去犹如一片树林。说得确切一点，更像怪人组成的集团军。

"啊哈哈哈……怎么样？吃惊了吧？看到你们一个个都像傻瓜，我太高兴了。不过，好戏还在后头呢！我还要让你们观看更精彩有趣的东西。准备好了吗？开始！"

于是，令人意想不到的事情发生了。

神探与怪盗

　　刚才还在飞行的螃蟹飞碟，猛然间相继朝少年侦探们的头上俯冲。白色的腹部，非常清晰地展现在大家的眼前……

　　第一个被盯上的是井上。由于螃蟹飞碟朝井上的脑袋逼近，吓得他拔腿就逃，可飞碟并没有就此罢休，而是紧追不舍。

　　螃蟹飞碟将两只粗壮的蟹钳向下延伸，死死地夹住井上的手腕。紧接着，螃蟹飞碟朝天上飞去，被夹住的井上升向空中。

　　其余少年侦探先后被螃蟹飞碟伸出的蟹钳夹住

升向天空。十五个螃蟹飞碟分别带着十五个少年，向高空飞去。

这跟乘坐飞机和直升机不同，被蟹钳夹住悬挂在空中，十分危险。一旦掉在地上，性命难保。

小林虽被螃蟹飞碟的蟹钳夹住悬在天空，但他的脑袋却一刻不停地思考着。

"太不可思议了！这是真的吗？怎么像在做梦呀？"

是的，简直像被噩梦缠住似的。周围的一切，似乎都是模模糊糊的。

小林极力让自己的头脑保持清醒，以便驱走噩梦。可不知怎么的，眼前仍然是朦朦胧胧。忽然，周围变得更加昏暗起来。距离太阳下山还有相当长的时间，可天色却这么快就暗了下来。

尽管天色暗了，可周围夹着少年侦探的螃蟹飞碟却非常清楚。有些少年侦探虽被夹着悬在空中，但神情镇定，一声不吭。可有些胆小的少年侦探，一边哭泣一边挣扎。其实，在空中越是挣扎危险性越大。这当中哭声最响的，要数野吕一平了。

夹住少年的螃蟹飞碟，究竟飞得有多高根本无法估计。通常，无论夜多么深，应该看得见远处街头的灯火。可现在什么都看不见，难道螃蟹飞碟已经飞到了九霄云外？

"啊哈哈哈……"二十面相那熟悉的笑声不知从哪里传来。

"怎么样，害怕了吧？没想到少年侦探团也会有这么一天，哼！你们这些家伙，经常给我添乱，搅得我一事无成。今天，我可要让你们尝尝厉害。看你们今后还敢不敢多管闲事。"

接着，更为可怕的刑罚开始了。

夹住小林手腕的蟹钳突然松开，小林的身体顿时成了无依无靠的"自由人"，迅速往下落。

起初是垂直下落，后来变成头朝下脚朝上，倒栽葱似的向下坠落。

小林环视一下周围，包括自己在内的十五个少年侦探，都是倒栽葱似的往下坠落，而且是迎风往下坠落。随着不停地往下坠落，野吕的嚎叫声响彻夜空。

下降的速度越来越快，狂风不停地与身体擦肩而过，耳边回荡着呼啸的风声。尽管已经下落一段时间，小林却一直没有着地。小林担心起来，一旦着地，无疑是粉身碎骨。

下降仍在继续，速度没有减慢，而是越来越快，比刚才有过之而无不及。风，刮得越来越猛，在耳边狂响。坚强的小林也终于顶不住了，迷迷糊糊地失去了知觉。其他少年侦探早已失魂落魄，不省人事。十五个少年侦探在漆黑的空中，不停地往下坠落。

也不知过了多久，小林突然睁开眼睛。

风声已经停止，周围静悄悄的，这里不是草地，是一个宽敞的大房间。昏暗的灯光照着地面，周围是自己的伙伴，横七竖八地躺在地上，似乎还在昏迷之中。

房间的一角亮着灯光，非常明亮。

"啊，明智先生。"

是的，大侦探明智先生正站在那里。他的对面，站着那个西洋恶魔打扮的二十面相。瞧！神探与怪盗怒目而视。

二十面相大汗淋漓。

明智大侦探阴沉着脸，用咄咄逼人的目光直盯着二十面相。

无形格斗

"啊，先生，您是赶来救助我们的吧！"

小林想起来了，在他和井上进入妖怪别墅之前，曾去路边的公共电话亭打过电话，向明智先生报告了行动计划。

此刻，明智大侦探和怪盗二十面相都没有吭声。相比之下，明智大侦探目光锐利，神情威严，紧盯着二十面相的脸。

二十面相的脸涨得通红。可那狡猾的眼神，似乎还想进行最后的挣扎。

突然，二十面相使出魔法，那只巨型螃蟹现出朦胧的身影。接着，巨型螃蟹相继出现，猛地张开粗壮的蟹钳，从四面八方围住明智大侦探。

"啊哈哈哈……怎么样？明智先生，你该知道我魔法的厉害了吧！告诉你，你将成为这些螃蟹的美餐。"

扮作西洋恶魔的二十面相退到妖怪螃蟹背后，用阴险的口吻说。

现在，轮到明智大侦探施展魔法了。

只见明智大侦探的身边，冒出一个模样相同的明智大侦探，摆开迎战架势。接着，模样相同的明智大侦探相继出现在真明智大侦探的周围，一共有五个。

"啊哈哈哈……会施展魔法的人并非你一个。瞧，看清楚了哟！开始！"

随着明智大侦探一声令下，五个明智大侦探奋不顾身地扑向五只巨型螃蟹。

于是，螃蟹与人的搏斗开始了，相互间打得难解难分。妖怪螃蟹们挥舞蟹钳，明智大侦探们则紧紧掰住蟹钳。最后，明智大侦探们将妖怪螃蟹们摔倒在地上。

明智大侦探虽然脸上也在冒汗，但那双锐利的眼睛始终盯着二十面相的脸，观察他的表情变化。

此刻的二十面相，脸色苍白，眼睛和嘴巴周围的肌肉在痛苦地颤抖。随着螃蟹们失败的局面渐渐明朗，二十面相开始无精打采。

终于，五只妖怪螃蟹被五个明智大侦探降服了，躺在地上晃动着细腿，痛苦地挣扎呻吟着。不可思议的是，五只巨型螃蟹渐渐变成纸片那样的东西，瞬间无影无踪了。

征服妖怪螃蟹的五个明智大侦探乘胜追击，接下来征服的对象是二十面相。他们向四处散开，朝二十面相包抄过去。

"哟哟哟哟……"

二十面相大声惊叫，突出重围后拼命逃窜。

五个明智大侦探像影子那样紧随其后，不停地追赶二十面相。随后，五个明智大侦探也渐渐地消失了。

"先生。"小林亲热地喊道，朝明智大侦探那里跑去。

"受苦了，小林，你们都被二十面相的催眠术给缠住了！幸亏我及时赶来与二十面相展开催眠术较量，二十面相的功夫毕竟稍逊一筹，最终还是我获得了胜利。咱们快去追那个家伙！"

说完，明智大侦探朝二十面相逃跑的方向追去。

十五个少年侦探被二十面相的催眠术缠上后，幸亏及时赶来的明智大侦探破了二十面相的催眠术，使少年侦探们脱离梦境。

由于二十面相实施了催眠术，导致小林、井上和少年侦探们出现幻觉，眼前出现了许多奇怪现象。例如，天文望远镜里看到的无数飞碟；潮水般涌来的蓝黑液体（也就是许许多多的小螃蟹）；越窗而入的大螃蟹；在空中飞行的大群螃蟹飞碟，等等。

刚才出现的五只大螃蟹和五位明智先生，都是怪盗与神探心理较量而产生的幻觉。当时，少年侦探们还处在被催眠状态，随着他俩的手势和语言继续产生幻觉。虽说二十面相对十五个少年侦探实施了催眠术，但最终还是被高出一筹的明智大侦探化解了。小林尽管跟着明智先生多年，没想到先生也有高超的催眠术。

追捕怪人

明智大侦探带领少年侦探们沿着走廊追赶二十面相。

妖怪别墅里只有一条走廊，二十面相最终逃到走廊尽头的房间里。

可当大家闯入房间时却没有看到二十面相的影子，房间里的三个窗户都是紧闭的，还上了插销。二十面相难道用隐身术将自己消失了？

经过一番查找，明智大侦探找到了墙上的隐蔽开关。

地面上出现一个边长约一米的正方形洞口。不用说，这是地下室的入口。

明智大侦探朝少年侦探们打了一下手势。

"小林和井上去地下室追赶，其余的少年侦探都去院子里等候。二十面相最后肯定出现在院子里，这是他的惯用伎俩。为此，我也准备了对策。自从接到小林的电话后，我就把对付他的家伙装在车上带来了。究竟是什么武器？你们过一会儿就知道了。

"我也通知警视厅的中村警部了，警车马上就到，请大家别怕！"

十三个少年侦探根据明智大侦探的命令，朝昏暗的院子里跑去。已经是夜里九点了，二十面相还会使出什么样的魔法呢？

明智大侦探与小林、井上从洞口进入地下室。地下室里，有好几个房间。明智大侦探使用的是激光手电，一边照着一边往前走。他们找到一个奇妙的房间，便走进去搜索。

房间里站立着酷似西装店橱窗里陈列的男女模特儿。这些模特儿非常逼真，它们没有裸露着身体，而是穿着笔挺的西装。

二十面相多半模仿模特儿，企图蒙混过关。

明智大侦探用手电灯光对准模特儿架子，挨个认真检查。

果然，他发现一个戴着方框眼镜全身西洋恶魔打扮的模特儿。

在激光手电的照射下，西洋恶魔打扮的模特儿不停地眨起眼睛来。

"哼，别装了，你是二十面相！"

明智大侦探与俩少年侦探大声喝道，猛扑上去。二十面相敏捷地闪开，飞身逃走了。

"啊哈哈……我是木偶，是西洋恶魔木偶，啊哈哈哈……"二十面相一边奔跑一边狂叫。

明智大侦探拿着手电猛追上去。

他穿过两个房间的门，来到最后一个房间，只听房间里有擦火柴的声音，随即出现一大堆亮光。原来，二十面相举着火把站立在房间中央。

"啊哈哈哈……你们快瞧瞧这个。这桶里装的是火药，还是满满的一桶呢！看，盖子已经打开，我只要将手上的火把朝里一扔，顷刻间就会发生爆炸。这幢别墅里的你我都将粉身碎骨化为灰烬。听懂我的意思了吗？你们如果爱惜自己的生命，请立即离开地下室。否则，明智，我和你们同归于尽。"

二十面相一边摇晃着火把，一边歇斯底里地狂笑。

啊，危险！火把溅出的火星朝四处飞溅。一旦火星飞入火药桶里，这里将变成一片废墟。

小林和井上脸色苍白，转身欲逃离地下室。可明智大侦探镇定自若。

"哈哈哈哈……"笑声来自明智大侦探。

"我劝你还是仔细看一下火药桶吧！瞧见那里面的水了吗？"

"什么？火药桶里有水？"二十面相慌张起来，连忙低下头检查火药桶。

"啊呀！糟了。这里面的水是你灌的吗？"

"是啊。除了我还会有谁？当你对少年侦探们实施催眠术的时候，我给这些火药桶灌满了水。并且，还将这个地下室彻底调查了一遍。"

"该死！"

二十面相将火把扔在地上，从俩少年中间穿过，跑了。

啪！传来暗门打开的声音。前方的墙上出现只有一个人爬着通过的地道。二十面相趴在地上，匍匐前进。明智大侦探与俩少年侦探也赶紧追上去。

地道的长度大约有二十米，出口在院子里。

空中格斗

　　等在院子里的十三个少年，一听到脚步声响，立即察觉到狼狈逃窜的二十面相。

　　"站住！"

　　少年侦探们大喝一声，争先恐后地朝二十面相扑去。

　　面对垂死挣扎的二十面相，少年侦探们力不从心。二十面相一次又一次地击退冲上来的少年侦探们，伺机跑到院子一角某棵高大的树下。

　　那里一共是三棵树，每棵树的高度在二十米左右。

二十面相钻到右边的大树上，猴子般地朝树上攀登。

除二十面相之外，还有一个爬树高手，他就是明智大侦探。大侦探选择中间那棵大树，仿佛与二十面相比赛似的，也飞快地攀登。

漆黑的院子里，拉开了神探与怪盗爬树比赛的序幕。小林和井上望着两个爬树的大人，目瞪口呆。

突然，从树梢上传来一阵阵奇妙的声音。

"嗒，嗒嗒，嗒嗒嗒……"

是螺旋桨转动时与风摩擦的声音。

小林、井上以及另外十三名少年，全都抬起头望着黑色的夜空。

正在这时，院子门口传来汽车引擎声，小林急忙朝那儿跑去。

像小林估计的那样，警视厅的警车到了。警方在接到明智大侦探的电话后，立即组成以中村警部为首的警队，乘坐警车飞速赶赴现场。

小林一边为警队带路，一边把刚才发生的情况详细地向中村警部叙述了一遍。接着又说："二十面相和明智先生正在比赛爬树，就在院子的三棵大树那儿。"

这时，从二十米高的树梢上又传出螺旋桨旋转的声音。

"警部，你听，就是那声音。听见了吗？"

"嗯，听见了。大概是那家伙在使用飞行器吧？"

"是的，我也是这么想的。"

"好，快用探照灯照亮树梢。"

警车里载有探照灯。根据中村警部的命令，两名警察将探照灯搬到院子里。

瞬间，白色光束移向昏暗的天空，将院子上空照得如同白昼。

喂，瞧，从树顶上冒出两个人影，朝天空飞去。

正如中村警部说的那样，明智大侦探和二十面相的背上都带着飞行器。瞧，他俩一起飞向了天空。

原来，二十面相早就把飞行器藏在树梢上，逃跑时只要爬到树梢将它带在身上，便能从空中逃走，摆脱追兵。迄今为止，他已多次采用这样的方法逃之夭夭。这种飞行器是法国科学家发明的。二十面相不知从哪里打听到这一消息后，亲自到法国买回好几个飞行器。

在日本持有这种飞行器的，只有二十面相。可明智大侦探不知从哪里也弄来了这样的飞行器。

在多次追捕二十面相的过程中，明智大侦探常常碰到对手使用这种飞行器溜之大吉。于是，他写信给法国朋友，请他代为购买飞行器。今天，明智大侦探事先把它藏在院子中间那颗大树的树梢上，等待二十面相逃跑时使用。现在，他也是第一次使用。

飞人怪盗二十面相和飞人神探明智小五郎，在茫茫的黑夜中展开空战。在探照灯的强烈光束里，他俩仿佛在宇宙飘浮。

飞人怪盗在前面逃窜，飞人神探在后面追赶。这是一对一的空战。

引擎装置紧贴着背部，急速旋转的螺旋桨高过头顶。飞行人的双手和双脚都可以自由行动。

明智大侦探低着头，将自己头顶上正在旋转的螺旋桨朝着二十面相的螺旋桨撞击，企图使对方坠落。

　　地面上，警察和少年侦探们把头扬得高高的，观看着这场不可思议的空战。

　　两只螺旋桨不停地相互撞击。二十面相拼命躲闪，明智大侦探奋力撞击。二十面相好不容易摆脱，瞬间又被明智大侦探追上。两个飞人在激烈地交战。

　　相比之下，明智大侦探的螺旋桨转速快，显得非常灵活。二十面相尽管摆脱了多回，却始终摆脱不了明智大侦探的追击。

　　啊！两只螺旋桨发生了相撞，接着传出奇特的响声。刹那间，双方的螺旋桨停止了转动。两个刚才还在空中翱翔的飞人，双双坠落下来。

　　由于相撞的地方凑巧是大树上方，两个飞人掉落时相继摔在树梢上，擦着树枝坠落在地上。被折断的螺旋桨缠在树枝上。飞行器由于转速突然减慢而受到重创。

中村警部和其他警察，还有以小林为首的其他少年侦探见状后，大叫着朝树那里涌去。

二十面相身体上的某个部位好像摔得不轻，挣扎着怎么也爬不起来。

明智大侦探卸下背上的飞行器，朝二十面相那里跑去。看样子，明智大侦探好像没有受伤。

此刻，两个警察已经赶到二十面相的身边。只听咔嚓一声，冰凉的手铐卡在二十面相的手腕上。

"辛苦了！明智。多亏你，二十面相总算回到了我们的手中。这一回无论如何不能让他越狱了。"中村警部大声说道，心里充满了感激之情。

"这一回我陪他坐在你的警车上，一直押送他进入重囚牢房后再回我的事务所。"

明智大侦探说完，望了中村警部一眼，接着俩人都尴尬地笑了。

"二十面相视少年侦探团为眼中钉，为发泄心中的怨恨导演了一场恶作剧。他先用粉笔在人行道的许多石块上画螃蟹，引诱小林钻入他设置的圈套，随后冒充小林用电话诱骗十三个少年侦探来这里。他对少年侦探们实施了催眠术，让少年侦探们产生幻觉。少年侦探们眼前出现的各种光怪陆离的场面，没有一个是真的，都是催眠术起的作用。幸亏小林在进入妖怪别墅之前给我来过一个电话，向我报告了可疑的情况、妖怪别墅位置和行动计划。我挂断电话后立即通知你，然后带着飞行器驾车赶到这里。我发现少年侦探们被二十面相关押在房间里，并且实施了催眠术，一个个东倒西歪地躺在地上。当时我没有立即营救他们，而是调查了这幢别墅的里里外外，赶在二十面相前面设置飞行器，并且给地下室的火药桶里灌满了水，使他的绝招失灵。接着，我赶到房间里与二十面相比试催眠术，展开激烈的心理战。没几个回合，二十面相就败了。与此同时，少年侦探们也都醒来了。"

"明智，我真佩服你，你的侦探本领世界一流，你是盖世无双的大神探。二十面相只不过是区区怪盗而已，在你面前只能甘拜下风。二十面相再次锒铛入狱，应归功于你。"

"不，应归功于小林。是他和井上发现了这幢别墅，是小林事先在电话里报告了贼窝的所在地。否则，抓获二十面相没有这么顺利。"

"嗯，说得对！不仅给小林和井上，还应该给全体少年侦探记功。"

中村警部满面春风，跟少年侦探们一一握手后，向大家举了一个标准的警礼以示感谢。

"明智先生万岁！"

"小林团长万岁！"

"少年侦探团万岁！"

听了中村警部热情洋溢的表扬，望着二十面相狼狈不堪的模样，少年侦探们兴奋得高举双手齐声欢呼，赞扬尊敬的大侦探明智先生和他们心中的偶像小林芳雄团长。

巨手怪物的背后

巨手怪物

　　学校放春假时，小林、井上和野吕去长野县矢仓温泉旅行。

　　在少年侦探团里，小林是团长，井上被誉为"大力士"，野吕虽胆小，但说话幽默，与其他团员都很投缘。

　　他们一行三人换乘电车后到达矢仓车站，走出车站，大约步行了十五分钟后到达矢仓温泉。这一带山峦起伏，到处郁郁葱葱，优美的景色令人心旷神怡。

　　矢仓温泉附近有一家常盘旅馆，店主是井上

的叔叔。

井上早就向小林团长和好友野吕发出邀请，春假期间在常盘旅馆住上五天，痛痛快快地泡矢仓的自然温泉。

井上，全名井上一郎，爸爸曾经是国家队的拳击运动员，平时经常教井上练习拳击。久而久之，井上练得一手好拳法，加上身材比一般同学高大，臂力过人，在学校里被称为"大力士"。

野吕，全名野吕一平，虽得了"胆小鬼"的外号，但动作灵活，思路敏捷。在少年侦探团里能称得上灵活和敏捷的，首先是口袋小和尚，其次就是野吕。野吕长得很瘦，力气小，胆量也小。按理说，不应该批准他加入少年侦探团，可野吕有韧劲，凡是已经决定的事，千方百计要做到。

野吕尊敬小林团长，向往少年侦探团，经常去明智侦探事务所找小林，强烈要求加入少年侦探团。小林团长见他说话诙谐，思路敏捷，批准了他的申请。

三个少年一走进常盘旅馆的大门，就受到井上的叔叔和婶婶的热情欢迎。距离常盘旅馆不远的地方，有大块岩石围砌起来的露天自然温泉。三个少年下到温泉池里，时而游泳，时而互相嬉戏。泡温泉结束后，他们感觉浑身轻松。晚餐非常丰盛，三个少年吃得津津有味。

晚餐结束后，收拾碗筷的女服务员陪他们聊天，说了许多有趣的山里故事，还说了一个非常奇怪的事情。

"听说你们三个人都是少年侦探，来得正是时候。你们还没有听说吧，我们这村里刚发生一起怪事。警察也来过了，好像也拿不出什么办法。"

女服务员是山里人，乡音重，说的话不容易听懂，他们只能理解大概意思。

三个少年的大脑开始兴奋起来，瞪大眼睛望着女服务员。

"阿姨，你说的怪事，到底怪到什么程度？"小林团长托着脸问道。

"我一时也说不上来。总之，云层背后好像藏有妖怪。"

听女服务员这么一说，三个人越发来劲了。

"阿姨，妖怪干什么坏事了？你能否说得具体一点？"

"听说，妖怪的贼手有几千米长，可以瞬间从天上延伸到地面，一会儿捕捉鸡鸭等家禽，一会儿抢收地里的农作物，还捕捉牛马猪羊等家畜。"

"阿姨，你看到过那只贼手吗？"

"没有。我没有见过，但村里好多人亲眼见过。据说贼手比直径五米的松树还要粗壮，力大无比。"

三个少年面面相觑，将信将疑，总觉得像这样的情况不太可能出现。妖怪躲在云层里伸出几千米长的手臂，简直像天方夜谭！

"阿姨，你说这些话也许是跟我们开玩笑吧？我们生长在大城市东京，对大山里的情况一无所知。所以，阿姨是吓唬吓唬我们。"

野吕微笑着说，可心里多少有点害怕。

这时候，女服务员的表情变得严肃起来："你们不相信？我为什么要吓唬你们？这种玩笑可以随便开的吗？我说的可都是真实的事情。不过，这话千万别对其他人说！店主一再叮嘱我们服务员。像这样的情况一旦传到山外，我们这里的温泉旅馆就无人问津了。我之所以对你们说，因为你们都是少年侦探。除你们以外，我没有对其他客人说过。这要是被店主知道了，准会骂得我狗血喷头。"

三个少年原准备问到底，但女服务员说不是自己的亲身经历，也就不再追问了。

第二天井上见到叔叔的时候，不顾女服务员的特别叮嘱，把她昨晚说的情况全盘抖了出来，弄得叔叔十分尴尬，不知如何回答是好。

"你们既然已经听说了，就别再继续问了。就我个人的看法，那是愚蠢的玩笑。试想，云层背后会伸出手来？会盗窃地上的财富？我觉得是盗贼造谣，偷了别人的东西后硬说是天上妖怪偷的。造这种谣，无非想转移人们的视线，以达到逍遥法外，长期盗窃的目的。"

"请警方侦查，罪犯不就原形毕露了吗？这村里不是有警务站吗？"井上说。

叔叔点点头答道："是有警务站，但只有四五个警察。警方全力以赴侦查过，没有结果。罪犯至今没有落网，村民们人心惶惶，草木皆兵，真是伤透了脑筋！"

叔叔说完，重重地叹了口气。

白犬遇害

其实，井上叔叔的观点也并非正确。这一点，少年侦探们是后来明白的。盗贼从云层背后伸出巨手，不是无中生有的谣传。井上和野吕开始感觉到这里笼罩着恐怖的疑云，仿佛巨手随时会出现在眼前。

第二天，三个少年又一起来到露天自然温泉。天空阴沉沉的，时间刚过下午五点，天色已经昏暗，稍远一些的地方模模糊糊的。

三个少年浸泡在温泉里聊天。正聊着，有一个大人来到温泉。看上去四十五六岁，胖乎乎的，体格魁梧，好像是借宿常盘旅馆的东京客人。

这人脱掉外衣下到温泉池里，先是独自一人慢悠悠地泡着。当他看到同一池子里有三个少年，立刻眉开眼笑地主动攀谈起来："你们是从东京来的吧？我也从东京来。这里的温泉又舒服又干净，简直是享受！你们打算在这里住几天？"

"打算住四到五天。"小林答道。

"那你们应该去登山，看看山上的风景。否则等于白来，回东京后会觉得后悔的。可是……还是别去吧！听说山上非常可怕。"

那人说到这里，脸上露出奇怪的表情，观察着三人脸上的表情变化。

"怎么可怕的？"

小林想，肯定又是女服务员讲的故事，装作一无所知的模样问道。

"据说云层背后藏着巨人，经常把巨手伸到地面。虽说迄今为止还没有伤着人，可许多家禽、家畜被捕杀。实在是太可怕了！"

"那是真的吗？这儿的农村人讲迷信，每天无所事事，喜欢编造无稽之谈的故事哄人，太无聊了！这个传说还真有意思，越传越广。"井上说。

那人半晌没有回答，忽然抬起头望着黑暗的天空。周围已经没有亮光，浸泡在水里的少年们，相互间已经难以分辨彼此的脸庞。

"一开始我也是这么想来着。可有的农家屡屡发生鸡窝被毁，鸡鸭不翼而飞，牛和马被从空中扔到地上断胳膊断腿的，不一会儿就一命呜呼了。地里的土，有的被刨去一层，有的被刨去二层和三层。这情景我是亲眼看见的，简直让人毛骨悚然。"

说完，那人又抬起头望了一眼漆黑的天空。

"快回旅馆房间吧，我觉得有点冷。"

野吕环视一下没有光线的四周，劝说大家的声音里带着哭腔。

"是呵，快回房间吧！听说巨手出现时都是晚上。晚上最好别在外面。"那人说。

于是，三个少年离开温泉池，站在岩石内侧，迅速擦干身上的水后穿上衣服。可令人不解的是，那大人仍一动不动地站在温泉池中间，抬着头目不转睛地望着天空，整个人简直像被钉子钉住似的。

三个少年见状心里不免害怕起来，视线也不由自主地跟着移向天空。

"瞧，快瞧！"

那人举起手指向天空，仿佛说什么秘密似的，嗓门压得很低很低。

天空变得更黑了，到处是黑云。

"瞧那两座山之间！"

两座山与云之间的界线虽分辨不出，但那一带突然出现了白色的雾。

"你们看见了吗？那白色的雾像巨手的形状，是吧？"

三个少年朝着那片白色的雾全神贯注地观察起来。被那人一说，他们感觉那片白色的雾的确像手的形状。可以想象，巨手一旦从云层里伸出，就可迅速伸向地面。

"哇！"

不知是谁大声嚷了起来，接着不知是谁猛地抓住井上的手臂。井上侧过脸一看，是"胆小鬼"野吕。

野吕准备朝旅馆方向逃跑。

这时候，野吕和井上都已经穿好衣服，可以立即离开。但小林还刚穿上短裤……野吕使劲拽着井上的手奔跑起来。

从露天自然温泉池到旅馆之间有七八十米的距离，路两侧都是一排排的参天大树。这是通向旅馆的林荫小道。

野吕和井上手牵着手，沿着漆黑的小道急匆匆地走着。大约刚走了一半路程，不料走在前面的野吕忽然停下脚步，全身瑟瑟发抖。

野吕如果没有看到可怕的东西，不会变得如此胆战心惊。瞧那模样，连说话的勇气也没有了。井上问他，他什么也没说，可一脸紧张的表情。

片刻，野吕看到的东西也飞入井上的眼帘，白乎乎的，体积庞大，不停地朝着他俩靠近。

野吕吓得忙转过脸，双手紧紧地抱住井上的腰。

"噢，是一条白犬！"

白色怪物距离他们五米左右的时候，井上终于看清楚了。那是叔叔喂养的家犬，为常盘旅馆看大门的。

一听说是家犬，野吕这才长长地吐了一口气，放下心来。他松开抱住井上的双手，腼腆地嘿嘿笑了两声。

"喂，井上，刚才的事千万别对小林说呀！什么吓得抱住你了，全身发抖了。说出去了，我可没脸见人了，好吗？"

野吕的话刚一说完，眼前又发生了令少年们心惊肉跳的一幕。

那条大白犬忽然发出惨叫声，仿佛遇上猛兽而受惊似的。它拼命挣脱企图逃跑，但瞧那模样好像被什么东西给缠住了，想挣脱，却怎么也脱不开身。

野吕又将双手紧紧抱住井上，全身颤抖得更厉害了，没想到井上也跟着全身紧张起来。

大白犬突然离开地面，纵身高高地跃向空中，那情景，仿佛被那只巨手向上拽起似的。

"啊，是巨手，是巨手在起作用。"

野吕担心巨手朝他伸来，把脸紧贴在井上的胸前，嘴里不停地重复刚才说的话。

"是巨手，是巨手。"

井上虽没有野吕那么胆小，但突如其来的情景令他难以理解，于是也忐忑不安起来。

号称"大力士"的井上，此刻猛然觉得全身乏力，两条腿沉甸甸的。他紧紧抱住野吕，像病人发高烧时说胡话那样重复着"巨手，巨手"。

井上想避开眼前这一幕，可眼睛不听使唤，仍然死死地盯着那儿。

大白犬不停地惨叫，仍拼命挣扎，全身被一股无形的力量向上拽起。

究竟是不是巨手在作怪？根本看不清楚，大家只能看到黑暗中的大白犬。巨手好像被黑暗吞噬了，朦朦胧胧的。

这时，黑暗中似乎出现一个与夜色相同的庞然怪物，从天空向地面延伸。

黑色庞然怪物的巨手一把抓住大白犬，飞快地向上拽起。垂死挣扎的大白犬尽管使劲扭动，可最终没有抵挡住黑手的力量，朝着夜空升腾。井上的视线也随之朝上移动。大白犬终于消失，而可怜的犬叫声还在空中回响。

井上和紧抱着他身体的野吕，此刻就像一尊组合雕像，呆呆地站在那里，大脑一片空白，全身虚脱。

"喂，那不是井上和野吕吗？你俩站在这地方干什么？"

从背后传来说话声，俩少年吓得差点跳起来。也幸亏这惊吓，使得刚才僵硬的身体有了知觉。

说话的，是小林团长。

当他俩透过黑暗发现来人是小林团长时，赶紧跑过去一左一右地抓住小林的双手，一声不吭地拉着他径直朝旅馆跑去。

"喂，干吗这么慌张？在这么漆黑的小道上奔跑要摔跤的呀！"

小林被拽着一边跑，一边不可思议地望着他俩说道。可俩少年还是不吱声，脚步越来越快。

一阵小跑后，他们终于看见亮着灯光的旅馆了。

"喂，到底出什么事了？干吗跑得这么急？快说呀！"

小林提高嗓音猛地停住脚步，俩少年也无可奈何，只得停下脚步。

"啊啊，太可怕了！我还以为被巨手抓住活不成了呢！"野吕恢复原来的神情，说道。

"什么？巨手？"小林吃惊地问道。

于是，两个人一边跟小林朝旅馆走去，一边把刚才的所见所闻描述了一遍。

少年遇险

第二天，那条大白犬从村里失踪了，人们再也看不到它活泼的身影。大白犬的主人到处寻找，大白犬还是下落不明。

井上和野吕在从露天温泉回家的途中，看见的奇怪现象不可能是幻觉。巨手伸向树林，真抓走了大白犬。

值得庆幸的是，被抓走的是大白犬，如果被抓的是井上或者野吕，后果将不堪设想。一想到这里，俩少年吓得面如土色。

巨手迄今为止下手的目标是家禽、家畜和农作物，还没有针对人。于是，村民中间有了这样的传言，说巨手无论魔力有多厉害，在人面前只能甘拜下风。

可就在大白犬失踪的第二天早晨，巨手打破了与人类井水不犯河水的界线，开始抓人了。

居住在矢仓温泉附近的佐多农家，一个叫幸太郎的少年今年十二岁。据说，幸太郎从昨天开始不知去向。

幸太郎是出了名的淘气鬼，整天在外面玩耍。平时，即便天黑前不回家，爸爸妈妈也用不着担心。可昨天已经深夜了，他们还是不见幸太郎回家。于是，爸爸妈妈犹如热锅上的蚂蚁，焦急了起来。

一个接着一个的电话，打到同学家或亲戚朋友家询问，都说没有见到过幸太郎。无奈之下，幸太郎的爸爸妈妈向警务站报了案。

"莫非被巨人绑架了？"

有人进行这样的猜测。据说村里曾经发生过绑架事件，有一个长着翅膀的天狗妖怪，从天上"下凡"将某少年带走了。

上了年纪的人们没有亲眼看到过巨手，首先怀疑的不是巨手，而是天狗妖怪。再者，外面传言也是天狗妖怪绑架了幸太郎。

　　岂料清晨过后，幸太郎竟回家了。可他这一次回家的方式，与往日不同。村庄附近的登山口有一片树林，幸太郎被挂在树林里一棵大松树的树枝上。

　　村民早晨经过树林的时候，听见了啼哭声。循声仰望，他们发现高高的树枝上有一个正在大哭的少年。于是他们找来村里的爬树王，将挂在树枝上的幸太郎救了下来。看到幸太郎得救，妈妈伤心地哭了。幸太郎身上的衣服破了，脸上淌着血，蓬头垢面，手和腿都有伤痕。

　　众人将他送到医院，医生在幸太郎的伤口上敷药包扎。回家换上一身干净衣裤后，受惊的幸太郎终于镇静下来。村民们围上去询问究竟发生了什么，幸太郎语无伦次地叙述了一遍。

　　昨天傍晚，幸太郎跟同学们去山里玩。由于与大家发生了争吵，结果他被独自留在山里。当时太阳已经下山，他独自一人回家。不一会儿，周围已经没有了光线，他便加快脚步朝家赶路。忽然一阵狂风吹来，像大松树树干那么粗壮的巨手朝他伸来。

大松树长着五指形状的树枝，其中一根树枝搭在神社屋檐上。昨天晚上，那五指形状的树枝晃动起来，很快伸向幸太郎的眼前，一把抓住了他。幸太郎被提到空中，头晕目眩，连东南西北也分辨不清了。

平时，村民们都知道他顽皮、淘气、爱撒谎。可这一回从他的表情和语调中，人们很难看出有什么破绽。再说他身上好几处伤口，衣裤也被撕破，而且整整一夜没有回家。他不可能无中生有。最能说明问题的是，他被高高挂在一般人爬不上去的大松树上。

他继续说，他被巨手抓向天空后，由于惊吓而昏厥。当睁开眼睛的时候，他发现自己在空中像云彩那样飘着。

"这一定是巨人摇着手走路。当时，巨人每摇一次手，我的身体就时而朝前时而朝后地摇晃，仿佛在空中慢悠悠地荡秋千。"

幸太郎瞪大眼睛，向村民们说起自己难忘的遭遇。

巨人慢悠悠地行走，幸太郎被巨手牵着忽前忽后地飘浮，这简直骇人听闻。仅凭想象，这也足以使人心惊肉跳。

幸太郎说："昨晚的天空乌云密布，而我的眼前却有无数亮晶晶的东西。阴沉沉的天空怎么会有星星呢？我感到困惑。也许巨人个高，脚踩着大地，上身在云层上面，朝下俯视的时候，出现在巨人眼前的多半是村镇灯光。当时出现在我眼前的，多半也是村镇灯光。

"我还没有坐过飞机，但如果坐在飞机上俯瞰，肯定能看到那样的景色。虽说有些害怕，可十分刺激和有趣。我还真希望能再一次被巨人抓到空中。"

幸太郎越说越起劲，竟幻想着再一次与巨人相遇。

当他在天空中飘浮结束后，巨人猛地松开手将他扔向一片树林。顿时，幸太郎觉得自己不停地往下坠落。狂风一阵阵向他刮来，幸太郎失去了知觉。

当他睁开眼睛醒来的时候，发现自己被高高挂在大松树上，这时候已经是拂晓时分。

各持己见

　　幸太郎被巨人绑架事件发生后的第二天下午，在常盘旅馆欧式风格的会客室里，三个大人和三个少年围坐在桌旁议论。幸太郎被巨人绑架的事，瞬间一传十，十传百，连借宿旅馆的客人也知道了。

　　聚集在会客室里的三个少年，分别是小林、井上和野吕。三个大人中间，有一个是在露天温泉池与三个少年相遇的东京游客，另外两个大人是这个游客的朋友，都来自东京。

　　这个在露天温泉池与三个少年相识的大人，是东京汽车制造公司的高层管理干部，叫三谷。那两个大人都是他的同事。由于在温泉池里经常相遇，三个少年与三谷先生之间变得亲热起来，经常下棋、玩扑克。

"我们三人定于明天回东京，不是害怕巨手出现而逃离温泉，而是公休的假期已到，必须回公司上班。"

三谷先生望着小林说，脸上笑嘻嘻的。三个大人都穿着旅馆宽大的睡衣，坐在沙发上。

"我们来的时候，就预定明天回东京。后天，公司里有重要会议必须参加。"三谷先生的一个同事解释说，另一个同事接着说："你们少年侦探团的三个团员，还准备继续在这里住吗？我建议你们还是尽早离开这里为好。无论你们少年侦探多么机智勇敢，但不可能与巨人比试。哈哈哈……"他带着嘲笑的口气说。

三个少年不服气。井上耸了耸肩回敬道："我们少年侦探团具有光荣历史和光辉业绩，你们三位先生不了解，所以会乱说一气。凡是扰乱社会秩序的怪物，我们决不会轻易放过。东京城里曾出现过青铜怪人、透明怪人、宇宙怪人、螃蟹外星人等，都是些气势汹汹的怪物，可结果呢，都一一败在我们的手里。"

井上自豪地说了一通，小林接着说："每次遇到这样的怪物，别说我们不会放过，大侦探明智先生更不会放过。与怪物打交道，我们少年侦探团积累了许多经验。现在，我们决定留在这里解开巨手怪物的秘密。"

"你说什么？真这样决定了？如果明智大侦探在这里，解巨人怪物之谜也许用不了多少时间。可你们……"

"别看我们是少年，可在这些怪物面前是不会妥协的。我们不打算离开这里，下决心侦破巨人怪物一案。"小林团长斩钉截铁地说。

"好，好，佩服，佩服。你们既然决定了，就一定要全力以赴。不过，可别大意哟！你们的对手毕竟是顶天立地的巨人，一旦被抓住可就再也见不着明智先生了哟！"

三谷先生的话语里，充满了嘲笑和不信任。

坐在房间角落里的野吕板着脸，等到那人说完也发表自己的见解，可声音微微颤抖："我琢磨了许久就是不明白，在我们这样的世界里，怎么会有巨人？什么天狗地狗的，都是哄骗儿童的故事。巨手怪物不可能存在我们的地球上。"

"哈哈哈……胆小的野吕，尽找好听的话说。你难道不怕妖怪？"三谷先生的一个同事挖苦野吕。

"不，我怕妖怪，但我知道地球上没有妖怪。尽管如此，我还是怕妖怪，并且怕得很呢！"

大人们听到这里哈哈大笑，可野吕脸上没有笑容，非常认真。

"这世界上的人，不可能只有手没有身体。如果说存在巨手怪物，也应该有脸、有肚子、有手、有脚。据说巨手怪物的大脚在地面上行走过，按理说应该会留下脚印。"

"哈哈哈……那是妖怪的造化！怪物也许只有手没有身体？前天晚上，野吕亲眼看见大白犬被抓上天空。这不是确实存在的吗？怎么可以说没有呢？！"

"嗯，可我没有看见巨手。也许它颜色是黑的？夜里看不见。但是……"

大家又议论了一会儿，可双方各持己见，都说服不了对方，于是，结束了关于巨手话题的议论。趁天没黑之前，大家商定一起去露天自然温泉，便相继离开了会客室。

次日下午，三谷先生他们回东京去了。没想到那天晚上，竟发生一起前所未闻的特大盗窃案件。

晚上十点半左右，小林他们三人在房间里睡觉。房间大约十二平方米，在常盘旅馆的二楼。正当大家睡得迷迷糊糊的时候，忽然一阵阵嘈杂声在他们耳边响起。大家赶紧睁开眼睛，竖起耳朵仔细听，喧闹声好像来自旅馆一楼的办公室。声音越来越响。

"喂，井上，野吕，楼下有情况！瞧！吵得我们睡不着呀！"

"是呵，奇怪！肯定是巨手出现了。"井上打了一个哈欠，回答小林。

"什么，你说是巨手？"野吕叫嚷着钻出被窝，浑身瑟瑟发抖。

"走！到下边去看看！"

"嗯，我赞同。"

小林和井上穿着睡衣离开房间。

"你们把我一个人扔在这里，这可不行，我害怕。"

野吕说着，慌慌张张地追上去。

一楼办公室里站着身穿车站工作制服的大人，周围是常盘旅馆的店主夫妇、掌柜和女服务员们，此外还有四五个旅客。

那个车站的站员好像带来什么惊人的消息。听完介绍后，大家才知道发生了一起惊心动魄的盗窃大案。

货车升天

巨手怪物不只是绑架人和捕杀家畜等，甚至将载有货物的列车也提到云层上面。以前有过怪兽抓飞机和电车的传闻，可见巨手怪物的力量远远超过怪兽。

从矢仓车站到东京车站的途中，第一站叫横目车站。车站周围是街道。一辆满载货物来自东京的列车，于今晚八点四十七分离开横目车站，于今晚九点到达矢仓车站。列车是蒸汽机车，货物车厢一共有十五节。

第七节车厢里，装载着东京某大实业家的贵重物品，运送目的地是矢仓车站。

　　该实业家在矢仓车站附近建造了一幢大型别墅，为装修布置，在东京购买了许多贵重美术品，包租一节车厢将货物运送到矢仓车站。据说货物总价值高达数亿日元。

　　由于途中要经过国铁和私铁，贵重美术品必须从国铁列车卸下后再装到私铁列车上。在换车厢时，许多站员被派到车厢两旁监视货物的装卸。搬运结束后他们锁上车厢门，并盖上了骑缝印章。这节车厢安全地经过了横目车站。

　　横目车站的站长非常清楚，第七节车厢内放有贵重品。因此，该列车停靠横目车站的短时间里，站长特别注意那节车厢。经过核实，盖有骑缝印章的货物车厢确实是第七节。核实的时候，站长和三个站员都亲眼看到车厢门上盖有完整的骑缝印章。

　　可列车于晚上九点到达矢仓车站，人们正准备卸货的时候，突然发现那节盖有骑缝印章的车厢失踪了。也就是说，十五节车厢变成十四节车厢，少了一节车厢。

矢仓车站的站长立即打电话到横目车站询问，横目车站站长回答说列车离开该站时是十五节车厢。还说，盖有骑缝印章的那节车厢肯定是第七节。

浩浩荡荡的列车在从上一站驶往下一站的途中，唯中间第七节车厢失踪的情况令人难以置信。这样的情况在日本的列车运送货物史上还是头一回。

司机和列车员长期在这条线上工作，是完全可以信赖的铁路工作人员。他俩回忆说，列车从横目站驶向矢仓车站的途中没有停过，也没有发生什么可疑情况。假设列车在途中停车，盗贼将其中一节车厢脱钩，这个过程没有一定的时间是完成不了的。况且，这样的话，列车不可能准点到达矢仓车站。

检查两站之间钢轨的电瓶车，分别从矢仓车站和横目车站驶出，沿途检查，丝毫没有找到钢轨改变过的任何痕迹，而且，也没有找到那节车厢失踪的痕迹。

那节满载货物的车厢，就这样迷一般地消失了。

像这样的盗窃案件，无疑，人的力量是不可能实施的。只有擅长魔法的怪物，才有可能实施这样高难度的盗窃。

"如果是巨手伸向地面抓车厢，整个列车会剧烈晃动，司机和列车员肯定能感觉到。因此，不像是巨手怪物干的。"

"那可能是魔鬼干的！超出常人的行为，只有妖怪才可轻易实施。"

"假设巨手抓住第七节车厢，其前后的车厢肯定无法连接，而后面的八节车厢肯定滞留在轨道上。"

"也许盗贼是顶天立地的巨人，像孩子摆弄玩具列车那样非常轻松？"

大家众说纷纭，莫衷一是。但绝大多数的村民认为，这事系巨手怪物所为。

受害人找到警务站站长，请他向村民转达：不管对手是妖还是人，只要将美术品归还，他将赠送一千万日元作为酬谢。接着，他又在各大报上刊登了悬赏广告。

巨手真相

　　到了次日傍晚，也就是第七节车厢失踪的第二天傍晚，还是没有任何线索。警务站站长根本不信本案系巨手怪物所为，与上级派来的警队一起沿线展开搜索，可还是没有找到丝毫线索。

　　傍晚，站长波野警察因公务去常盘旅馆附近，返回途中顺便去了常盘旅馆。他与店主是至交。

　　"不管怎么搜索，还是没有找到任何线索。像这样奇怪的案件，在我的职业生涯中还是第一回遇上。列车的中间一节消失，太让人费解了！列车不仅准点离开横目站，还准点到达矢仓车站，途中一分钟也没有耽搁。也就是说，途中盗贼应该根本没有一点时间摘卸那节车厢。说实在的，这太让我吃惊了。现在，我也只能相信是巨手怪物所为。"

波野警察与井上的叔叔是围棋好友，他们碰在一起无话不谈。

"嗯，我谈一下见解。过去，我们这里是没有一例盗窃案件的和平村。一旦发生案件，村民们便束手无策。像这样不合逻辑的超常案件，你可不能说什么大概啦，可能啦，一定要全力以赴，抓住案犯！"

"是呵，是呵。可我是村警务站的站长，难以应付这样的案件。最好是警视厅请一名侦探协助我，否则，我是无能为力呵！哈哈哈……"波野警察喝了一口茶苦笑着说。

正巧这时候，走廊上响起慌乱的脚步声。原来是井上朝会客室跑来。

"叔叔，我们调查清楚了！这是我们小林团长侦破的。幸太郎从一个坏蛋那里得到肮脏的报酬，按照坏蛋说的编造了大谎言，蒙骗了大家。现在，我们已经把他带来了。"

"什么，你是说幸太郎造谣欺骗大家？"叔叔和波野警察面面相觑，感到惊愕。

这时候，小林和野吕一前一后，将那个自称被挂在大松树上的幸太郎夹在中间，来到了会客室。

"喂，你是幸太郎吧？怎么搞的，你说这都是你自己编造的？"

波野警察语气和蔼，幸太郎望着一身警服的站长，吓得耷拉着脑袋，一个劲地抽泣，没有吭声。对犯罪心理学颇有研究的波野警察已经完全明白，幸太郎确实编造了谎言。

由于幸太郎一声不吭，小林代替他供述了犯罪经过："据说，幸太郎平时就是一个爱说谎话的少年。这一回，大伙见他一个通宵没有回家，并且被挂在那么高的大树上，所以对他说的一切信以为真。我让井上和野吕回忆大白犬被提上天空的过程，进行反复推敲，按照明智先生教我的方法冥思苦想了一番，揭开了巨手怪物的秘密。"

"什么？你已经知道巨手怪物的秘密了？"波

野警察用满脸疑惑的表情注视着小林。

"是的，我已解开这个谜，有关巨手怪物的说法纯属谣传。歹徒为了混淆视听，编造谎言蒙骗村民。其实，要解开这个谜，必须先说服幸太郎，让他说出真实情况是破案的捷径。今天下午我找到幸太郎，经过长时间的好言相劝，他终于开口了。起先他是有顾虑的，但我承诺，只要说出真实情况，我将把我口袋里的钱奖励给他。我对他说，只要你说真话，我会向大家求情原谅你。总之，我做了大量的说服工作。"

"呵！了不起，不愧是明智先生的弟子！请你继续往下说！"

波野警察十分佩服小林的智慧，急等下文。

"幸太郎经过长达两个小时的激烈思想斗争后，终于道出事情真相。他领了歹徒肮脏的报酬后，按照那人的唆使，炮制了一出假戏。那天晚上，他是在附近村民家的仓库里睡的觉。

"第二天早晨，那个坏蛋帮助幸太郎爬上大松树，伪装成挂在树上的假象。那个歹徒还弄来许多泥涂在幸太郎的脸和手上，再故意制造一些伤口。幸太郎曾撒谎说他能在天上飞翔，其实也是那坏蛋唆使他造的谣……幸太郎，我刚才说的没有错吧？"

幸太郎仍然低头望着地面，抽泣着，连连点头。

"嗯，原来如此。我怎么丝毫没有察觉？惭愧，惭愧。小林，我代表警方向你致谢，感谢你为大家做了一件大好事。"

波野警察善解人意地笑着，打心眼里佩服小林敏锐的洞察力。这时候，井上的叔叔忍不住夸奖道："不愧是少年侦探团的团长啊！我这个当叔叔的，也从心底里服了你。看来其他一些案件，想必也已经被你侦破。例如家禽被盗、牛腿被折、旱地被挖了几个洞，还有俩少年侦探看到的大白犬被抓等。"

"都是编造的！"小林爽朗地答道。

"有歹徒事先在鸡窝顶上挖一个大洞，制造巨手怪物破坏的假象。趁大家把注意力集中在巨手怪物的时候，歹徒盗走了所有的鸡。牛腿明明是被歹徒打折的，竟造谣说是被巨手怪物从空中扔下的。还有巨手怪物在旱地里挖洞什么的，都是假象。

"井上和野吕看见过的大白犬被抓，其实是一种魔术而已。我觉得，我这样的推理不会有错。歹徒先抓住大白犬，用黑色细绳或钢丝将它绑住，爬到大树上等待他俩的到来，随后，从上面拽细绳或钢丝将大白犬吊向高处，制造被巨手怪物提向天空的假象。

"井上和野吕都没有看到巨手，只是想象大概有一只黑色的手。由于他俩事先听说了巨手怪物的传闻，按照那样的思路去想，当然容易轻信而上当受骗。歹徒原以为让我们看了大白犬被抓的过程，会吓得逃回东京。不料，我们不但没有走，还坚定不移地侦查。"

"嗯，分析得有条有理。我真羡慕明智先生有这么好的弟子！一想到东京有这么聪明的少年侦探，我这个农村警务站的站长真是无地自容。嘻嘻嘻……"

波野警察又夸奖了一番，接着继续问道："这样看来，警方必须尽快将罪犯绳之以法。小林，你知道罪犯在哪里吗？我想幸太郎应该记得罪犯的长相，他不仅接受过罪犯的贿赂，还配合一起造谣。"

小林回答说："罪犯是一个化装高手，幸太郎也不一定清楚他的真实面目。现在，我还一时说不准。可根据我的推理，犯罪嫌疑人有可能就是那个家伙。"

"什么，你连犯罪嫌疑人都知道？"波野警察简直惊呆了。

"目前，还只能说是怀疑，因为我还没有找到确凿的证据。不过，我想尽快让犯罪嫌疑人浮出水面。现在，我这个判断还只能对波野警察一个人说。如果说错了，我向那个人道歉。"

"真拿你没办法！看你个头不高，办起案来脑袋瓜比大人还要好使。小林，论年龄我比你大，但能者为师，我想请你收我做弟子。嗯，根据老师的吩咐，我跟你到走廊上说几句悄悄话。"

两个人俨然一对师徒。他们来到走廊上，片刻，波野警察牵着小林的手微笑着走进房间。

"小林给了我一个非常重要的证据，是他拍摄的某个人的照片。详细情况暂时还不能公开，今天就说到这里，行吗？小林。"

波野警察的眼角堆起皱纹，友好地看着小林的脸，征求意见。

"行！"小林也微笑着望了一眼波野警察说。

就在这时候，从玄关传来急促的脚步声。

"站长，请出来一下！"

"是谁？不可以进来说吗？"井上的叔叔大声嚷道。

于是，一个身穿警服的警察闯入会客室。

"站长，报告您一个好消息，那节装有贵重物品的车厢找到了！"

年轻警察满脸通红，尽管还不是夏季，可头上冒出了黄豆般的大颗汗水。

小林推理

"在哪里发现的？"

波野警察和井上的叔叔，都不由得站了起来。

"在树林里。正如你知道的那样，横目车站和矢仓车站之间有一条专用铁路线，是专门为那家森野木材有限公司铺设的，每个月运送原木四到五次。其余时间，那条专用铁路线没有列车来往。铁路线中间是一大片树林，那节装载贵重美术品的车厢则停在那片树林里。横目车站的站员们经过几天的奋力寻找，终于找到了那节车厢。"

"车厢里面的美术品还在吗？"

"大件的美术品不在车厢里，小件的美术品也不知去向。我们向附近的村民打听，说车厢失踪那天晚上，那一带有卡车经过的声音。看来，罪犯是使用卡车将那些赃物运走的。"

"果然不出小林所料，不是巨手怪物犯罪，而是人实施的犯罪……好，你立即驾车去警视厅汇报，让他们向东京各派出所和警务站发出协查罪犯的通知。那家伙的照片在我这里……店主，你来一下！"

波野警察朝常盘旅馆的店主打了一个手势，与刚才汇报情况的警察一起，三个人走出了会客室。片刻，波野警察和店主一起回来了。刚才的警察拿着罪犯照片，驾车朝横目町的警视厅匆匆赶去。

波野警察不愧是资深警察，处理事务十分利索，这一回轮到小林佩服不已。

波野警察返回会客室后，一坐上原来的沙发就说了起来："小林，巡查警察刚才说的情况，我一直在思考，那节装有物品的车厢，究竟是怎么被罪犯从行驶的列车上分离开的？这实在是让我费解的难题。

"横目车站的站长和矢仓车站的站长都在探究这个问题，可就是找不到正确答案，大家一致认为是妖怪所致。小林，尽管你侦破过不计其数的案件，可像这样的案件恐怕也束手无策吧？"

"不，我早已了如指掌。我的推理依据是这节车厢。"

听小林这么一说，波野警察和井上的叔叔不由得暗暗吃惊。

"那就请小林解释一下！歹徒到底是怎么摘取那节车厢的？"

"我去拿纸和笔来，必须一边画一边解释，否则难以理解。"

小林说完跑出会客室，片刻拿来一根铅笔和一张大白纸。

"为了使我的解释简单易懂，我把十五节车厢减少为五节车厢，给五节车厢编号一至五号。现在，我们把被摘取的那节车厢定为三号车厢。请大家记住，上演这出摘车游戏的罪犯，没有三个人是无法进行的。凑巧我们这次来常盘旅馆度春假的有三个少年，也就假设我们三个是罪犯。首先，我们三人中间最有力量的是井上。井上趁列车停靠在私铁第一站的车站时，也就是趁司机和列车员还没有上车进入各自岗位的时候，打开第三节车厢上那个背对着车站的门，潜伏在里面。不用说，井上是晚上潜入车厢的。据了解，那列车是晚上七点准时从第一站发车的。当时，井上撕下车厢门上的封条，打开门锁。我在井上钻入车厢后将门锁上，贴上封条，恢复原来的模样，以免被检查人员看出破绽。

"井上潜入第三节车厢的时候，肩挎一大盘非常结实的绳索。绳索直径有三厘米，少年是拿不动的。即便大人，也必须是身强力壮的才行。为便于解释，我假设井上代替罪犯肩挎绳索。

"且说列车于那天晚上七点准时出发，经过四站或五站到达横目站。途中有上下坡，列车经过上坡道时肯定减速。这对于井上来说是最佳机会，但难度很高。对于井上这么一个生手来说，即便力气再大也很难完成。可罪犯是扒车老手，加之体格健壮，是完全可以完成的。

"井上打开车厢门，将绳索挎在肩上爬到车厢外侧。不用说，车厢外侧有踩脚的地方。他沿着这些脚踏，贴着车厢表面，爬到第三节车厢与第二节车厢之间的连接轴那里。接着，他骑在第三节车厢前面的连接轴上，将绳索端部系在第二节车厢的连接轴上，再在上面用细铁丝缠紧不让它脱落。

"这项工作完成后，还有一项工作。井上将绳索的另一端系在腰上，沿着脚踏贴着车厢表面，爬到第三节车厢与第四节车厢之间。人骑在第三节车厢后面的连接轴上，卸下腰上的绳索，在第四节车厢的连接轴上打结，再在上面用细铁丝缠紧，不让它脱落。于是，如图所示，绳索的两端分别连接在第二节车厢与第四节车厢的连接轴上。

"也就是说，第二节车厢与第四节车厢被绳索连在一起。由于绳索垂悬在背对着车站的一侧，再说又是晚上，不必担心被站台上的站务员发现。接着，井上先拔取第三节车厢与第四节车厢之间的连接销，再拔取第三节车厢与第二节车厢之间的连接销。虽说国铁列车的连接销不易拔取，但私铁列车的连接销依然是旧式样，易于拔取。于是，第三节车厢变成了自由车厢，既不与第二节车厢连接，也不与第四节车厢连接，夹在中间，被第四节车厢推着向前行驶。"

摘车魔术

　　小林继续往下解释："途中上坡道的末端，有一条通往木材公司的专用列车线。也就是说有一条分道钢轨，那里设有转弯器。通常，转弯器设置在车站里。由于这条专用支线远离车站，转弯器不得不安装在主线钢轨与支线钢轨交接处的旁边。

　　"在这个转弯器旁边，三个罪犯中的一个已埋伏在那里。当然，这家伙是三个罪犯中动作最为敏捷的一个。他驾驶大卡车，抢先赶到这里等候。假设我是那个行动最敏捷的家伙，不过，我也不知道自己平时的行动是否比井上和野吕敏捷。在这里，

218

仅仅是假设而已。

"我模仿扳道工提前埋伏在转弯器旁边，等待着列车的到来。一般来说，列车在爬上坡道的时候，车速不会很快。我握着转弯器，等待着时机的来临。这时候，列车头已经驶过岔道，接下来是第一节车厢和第二节车厢。当第二节车厢的尾部通过岔道的一刹那，我便扳动转弯器竖起转弯轨道。于是，主线轨道与支线轨道连接在一起。这时候，第三节车厢便顺顺当当地沿着转弯轨道的路线驶入支线。当第三节车厢的尾部驶过转弯轨道的一刹那，我迅速将转弯器切换成原来的状态。于是，第四节车厢径直沿着主线钢轨，紧跟着第二节车厢继续向前。

"我说到这里，大家该明白了吧？完成这项任务的人必须眼疾手快。也就是说，动作不利索的人是无法完成的。虽说第三节车厢离开列车进入专用铁路线的钢轨轨道，但由于第二节车厢和第四节车厢之间连接着直径三厘米粗的绳索，并不改变来自车头的动力。也就是说在绳索的牵引下，第四节以及其后的车厢继续向前行驶。当第三节车厢进入专线钢轨之前，井上已经站在第二节车厢尾部的铁梯上。在这里，轮到野吕发挥作用了。野吕个头小，没有多大力气。如果是真正的罪犯，论个头和力气肯定比野吕大好几倍。现在，我们假设那个罪犯就是野吕。野吕事先埋伏在专线轨道与木材公司之间的树林里，等待时机的到来。不用说，他是和我一起乘坐卡车提前到达这里的。载着我们一起来的卡车，被我们隐蔽在树林里待命。

"我将转弯器恢复原来状态的同时，第三节车厢已经完全转入专线轨道，由于前面没有第二节车厢的阻力，以致惯性冲击力的速度突然加快。当车厢行进到树林中间的轨道时，惯性冲击力已经消失，速度也随之减慢。这时候，野吕立即爬上车厢踩住刹车踏板。

"国铁列车都是采用气压式刹车，但私铁列车还在使用脚踏式刹车。正巧那节装载美术品的车厢是旧式的，人只要爬上去踩住刹车板，车厢便会慢慢停下。野吕的任务，就是爬车厢踩刹车踏板，将车厢停在树林里。

"这时候，我迅速跑向那里。我俩齐心协力，将其中可以搬动的美术品迅速装到卡车上，随后迅速将车驶向东京。

"至此，盗窃美术品的任务基本算是完成。可是在主线轨道上行进的列车上，还剩下一项重要任务必须完成，当然，这是井上的工作。井上继续站在第二节车厢尾部的铁梯末端，等待列车减速的那一刻。当列车快要接近矢仓车站的时候，司机开始踩刹车减速。这时候，第二节车厢的行进速度也相应减速。可第四节车厢及其后面的车厢都是在绳索的拽动下行进的，因此，速度突然加快。在惯性的被动冲击下，第四节车厢的头部连接轴与第二节车厢的尾部连接轴撞在一起。等待着这一时刻到来的井上，赶紧把连接销插入并固定，随即松开拴在连接轴上的两个绳索端部，拆卸缠在绳索上面的铁丝，将它和绳索扔到钢轨旁边，待全部恢复成原样后跳下列车，在钢轨旁边卷起绳索挎在背上，再拾起铁丝溜之大吉，消失在附近的树林里。

"那节装有贵重物品的车厢，就是这样被罪犯从列车中间摘下的。好了，作案的大致经过我已经都讲了，想必你们一定听累了吧！这些盗贼为偷窃这些贵重的物品，可谓精心策划，机关算尽。像这样的作案手法，听上去实施起来比较麻烦，其实，模仿也许更简单。不过，我们三个都不是成年人，做起来有一定难度。也就是说，三个罪犯必须是五大三粗的男人。"

小林的演讲终于接近尾声。

波野警察和井上的叔叔半晌没有吱声。片刻，波野警察叹了一口气说："唉，我这个当警察的，与小林相比，显得无地自容啊！像这样的少年，居然会有如此高超的推理。我不得不佩服明智先生，竟培养出这么好的少年助手。了不得！太了不得了！"

井上的叔叔接着说："是呀，我原先一直把少年侦探团看作是少年们玩耍嬉闹的组织，不可能干出什么惊天动地的事来。可今天我总算领教了。能和这么聪明的团长一起共事，应该是我侄子井上一郎的幸福。井上一郎，你可要加油干啊！"

井上的叔叔翘起大拇指，赞不绝口。

次日傍晚，波野警察来到常盘旅馆，一进门就大声嚷嚷："喂，小林，小林不在吗？罪犯已经抓到了哟！"

一听到喊声，小林他们三个少年、井上的叔叔、店里的掌柜以及女服务员们赶紧跑到玄关处迎接。

"真抓住了吗？"小林高兴地问道。

波野警察微笑着说："罪犯无一漏网，都被抓住了。听完你的推理演讲后，我觉得很有道理，立即与当地警方联系，要求设卡全面盘查。东京警视厅接到我们的报告后，也设卡盘查，于今天中午前将三人盗窃团伙捉拿归案。失窃的美术品被全部追回。那位大实业家特别高兴。喂，小林，他说那一千万日元的赏金应该归你。县里还派人送来奖状，也夹着一个装有奖金的大红信封。多亏你，我们警务站也上了光荣榜。小林，你知道吗？我已明白你是怎么察觉盗窃案是他们三人所为，也就是那个三人犯罪团伙。正如你说的那样，要盗窃那节车厢的美术品，必须摘卸那节车厢，而实施那样的犯罪没有三个人是不行的。凑巧那天下午，那三个东京游客离开常盘旅馆回东京去了。其实，他们是制造回东京的假象，实施盗窃计划。罪犯们经常是声东击西，转移人们的视线。谁知你悄悄拍下他们三个人的照片，为警方捕捉罪犯提供了有力的证据。小林机智过人啊！如果没有那张照片，逮捕他们也许比上天还难。小林推理严密，侦查技术高超，是我自穿上警服以来第一次遇上的少年大侦探。"

受到波野警察一连串的表扬，小林脸上红红的，不好意思地低下了脑袋。

"要说我怎么会怀疑他们这三个人的，那是因为大白犬被抓走的那天晚上，三个大人中的其中一个去过露天自然温泉池，说了有关巨手怪物的传闻。我琢磨了一下，其目的是要我们害怕，尽快离开常盘旅馆，为他们实施犯罪扫除障碍。从那时候起，我就开始注意那家伙，同时注意这三人的言行举止。果然，各种可疑的现象出现了。"

"嗯，是那样的吧？这三个罪犯被你们少年侦探盯上，也算是倒了八辈子霉。接下来，他们将受到法律的严惩。哈哈哈……"

这时候，电话铃响了，井上的叔叔拿起听筒听完对方讲完后，兴高采烈地朝三个少年跑去。

"喂，喜报！喜报！那个大实业家要我立即把你们三个带到他那里，说亲自将奖金一千万日元送到你们手里……可是，小林，那么多钱，你怎么使用呀？"

"我想好了，用它设立少年侦探团基金，请明智先生保管。有了那笔钱，我们每一个团员都能领到侦探七道具了。"

听小林这么一说，井上和野吕高兴得一前一后紧紧抱着小林，嘴里不停地呼喊："小林团长万岁！少年侦探团万岁！"

江户川乱步年谱

1894年　出生

本名平井太郎，10月21日出生于三重县名张市，为家中长子。父平井繁男，时任名贺郡官府书记员。母平井菊。

1897年　3岁

因父亲工作调动，举家搬迁至名古屋市。

1901年　7岁

4月，进入名古屋市白川寻常小学就读。

1903年　9岁

《大阪每日新闻》连载菊池幽芳的《秘密中的秘密》，母亲每晚都会念给他听，从此对侦探故事萌生了极大兴趣。

1905年 11岁

4月，进入市立第三高等小学。协助父亲采用胶版誊写版印刷和发行少年杂志。二年级时喜欢上了押川春浪的武侠冒险小说。

1907年 13岁

4月，升入爱知县立第五初级中学。读到黑岩泪香的《岩窟王》，印象特别深刻。

1908年 14岁

其父开设平井商店，主营进口机械的贸易销售，兼营外国保险代理和煤炭销售业务，并采购全套铅字，印刷和发行《中央少年》杂志。秋天，开始在学校附近租借宿舍，独立生活。

1910年 16岁

与要好同学坐船到中国的东北地区旅行。

1912年 18岁

3月，初中毕业。因喜欢出版事业，与同学到处奔走、筹备。6月，其父开设的平井商店破产倒闭。由于失去了学费来源，没有继续上高中。随父亲坐船到朝鲜马山，从事垦荒和测量工作。8月，只身赴东京勤工俭学，以优异成绩考入早稻田大学预备班，白天上学，晚上寄宿在东京都本乡汤岛天神町的云山印刷厂，逢休息日打工。12月，迁到春日町借宿，业余时间靠誊写挣钱。

1913年　19岁

春，与祖母在东京牛込喜久井町生活，重读黑岩泪香等著名作家写的侦探小说。曾计划印刷和发行《少年新闻报》。8月，预备班毕业，考入早稻田大学经济学专业学习。

1914年　20岁

春，与同学创办《白虹》杂志，利用业余时间阅读爱伦·坡、柯南·道尔等英国作家的短篇侦探小说。为了阅读侦探小说，辗转于各大图书馆，所做的笔记装订成册，称为《奇谈》。

1915年　21岁

其父回国供职于某保险公司，在牛込与全家一起生活。继续阅读外国侦探小说，并悉心研究"暗号通讯文书"的由来、规则和特点。

1916年　22岁

8月，毕业于早稻田大学经济学专业，入职大阪府贸易商加藤洋行。

1917年　23岁

5月，从加藤洋行辞职，在伊东温泉开始阅读谷崎润一郎的作品《金色之死》，执笔撰写电影评论文章。11月，入职三重县鸟羽造船厂电机部，参与内部杂志《日和》的编辑。

1918年　24岁

4月，其父再赴朝鲜工作。与鸟羽造船厂的同事组织"鸟羽故事会"，在各剧场、小学巡回。冬，在坂手村小学结识村上隆子。

1919年　25岁

辞职到东京。2月，与两个弟弟在东京本乡驹込町经营一家旧书店"三人书房"。7月，在书店二层编辑《东京PACK》杂志。11月，开设中华面馆。同年，与村上隆子成婚。

1920年　26岁

2月，入职东京市政府社会局。10月，关闭旧书店，入职大阪时事新报社，担任记者，经常与井上胜喜谈论侦探小说，开始撰写《二钱铜币》。

1921年　27岁

3月，长子平井隆太郎诞生。4月，在东京担任日本工人俱乐部书记。

1922年　28岁

8月，辞职后回到大阪府外守口町的父亲家，与父亲一起生活。9月，《二钱铜币》《一张收据》完稿，正式向某杂志社投稿，但未被采用。不久，改投《新青年》杂志，经审定采用。12月，入职大桥律师事务所。

1923年　29岁

4月，《二钱铜币》在《新青年》刊载，小酒井不木博士长文推荐。7月，《一张收据》在《新青年》刊载，辞去大桥律师事务所工作，入职大阪每日新闻社广告部。

1924年　30岁

4月，关东大地震，全家迁回大阪。7月，在《新青年》发表《二废人》。10月，在《新青年》发表《双生儿》。11月底，离开大阪每日新闻社，成为职业作家。

1925年　31岁

1月，在《新青年》增刊发表《D坂杀人事件》，名侦探明智小五郎首次登场。到名古屋拜访小酒井不木。之后，到东京拜访森下雨村，结识《新青年》派作家。2月，在《新青年》发表《心理测验》。3月，在《新青年》发表《黑手组》。4月，在《新青年》发表《红色房间》，与春日野绿、西田政治、横沟正史等作家发起创建"侦探兴趣协会"。5月，在《新青年》发表《幽灵》。7月，在《新青年》发表《白日梦》《戒指》。8月，在《新青年》增刊发表《天花板上的散步者》。9

月，在《新青年》发表《一人两角》，在《苦乐》发表《人间椅子》；其父逝世。10月，成立"新兴大众文艺作家协会"。

1926年　32岁

发表侦探小说《噩梦塔》（直译名《幽鬼之塔》）等多篇作品。12月，在《朝日新闻》上连载《畸心人》（直译名《侏儒法师》）。

1927年　33岁

3月，停笔，与妻平井隆子开设"宿舍租借有限公司"。不久，独自外出旅行，到日本海沿岸、千叶县沿岸等地；10月，到京都、名古屋等地；11月，与小酒井不木、国枝史郎、长谷川伸和土师清二等人创建大众文艺民间合作组织"耽绮社"。

1928年　34岁

3月，出售早稻田大学附近的宿舍。4月，买下东京户塚町源兵卫一七九号的房屋。同年，发表《丑角师》（直译名《地狱丑角师》）。

1929年　35岁

1月，在《新青年》发表《噩梦》。6月，发表处女随笔《恶魔王》（直译名《恐怖的魔王》）。8月，在《讲谈俱乐部》连载《蜘蛛男》。

1930年　36岁

5月，改造社出版《孤岛之鬼》。7月，在《讲谈俱乐部》连载《魔术师》。9月，在《国王》连载《黄金假面》。10月，讲谈社出版《蜘蛛男》。

1931年　37岁

5月，平凡社出版《江户川乱步选集》13卷。同年，出版《迷重重》(直译名《钟塔的秘密》)、《暗黑星》和《邪与恶》(直译名《影男》)。

1932年　38岁

3月，停笔，带全家外出旅游，先后到过京都、奈良、近江等地。

1933年　39岁

1月，加入大槻宪二创建的"精神分析研究会"，每月出席例会，并为该会《精神分析杂志》撰稿。4月，长子平井隆太郎升入大阪府立第五初中学校。同年，好友山本直一辞去博物馆工作，担任江户川乱步的助手。12月，在《国王》连载《红蝎子》(直译名《红妖虫》)。

1934年　40岁

发表《恐吓信》(直译名《魔术师》)、《黑天使》和《不归路》(直译名《死亡十字路》)。

1935年　41岁

1月，平凡社陆续出版《江户川乱步杰作选》12卷。6月，春秋社出版《人间豹》。9月，编写《日本侦探小说杰作集》，由春秋社出版，并发表长篇评论文章。

1936年　42岁

1月，在《讲谈俱乐部》连载《绿衣人》；在《少年俱乐部》连载《怪盗二十面相》。5月，春秋社出版评论集《鬼的话》。12月，讲谈社出版《怪盗二十面相》。

1937年　43岁

1月，在《讲谈俱乐部》连载《噩梦塔》（直译名《幽鬼之塔》），在《少年俱乐部》连载《少年侦探团》。战争爆发后，政府当局对于出版物的审查越来越严格，江户川乱步的所有小说被禁止出版发行，不得不停止撰写侦探小说。为了生活，江户川乱步借用别名为少年儿童撰写探险小说。后来，当局只允许江户川乱步撰写防谍反特小说，在杂志和报纸决定连载前，必须经过外交部、内务部、警视厅和宪兵机构的联合审查，达成一致意见后方可使用江户川乱步的名字刊登。由于公开抗议，被勒令停止写作，结果只写了一部小说。

1938年　44岁

1月，在《少年俱乐部》连载《妖怪博士》。3月，讲坛社出版《少年侦探团》。4月，新潮社出版《噩梦塔》。9月，新潮社出版《江户川乱步选集》10卷。

1939年　45岁

1月，在《讲谈俱乐部》连载《暗黑星》，在《少年俱乐部》连载《蒙面人》。2月，讲谈社出版《妖怪博士》。

1940年　46岁

2月，讲谈社出版《蒙面人》。7月，因心脏不适住院治疗。10月，与同人创立"大政翼赞会"。

1941年　47岁

7月，非凡阁出版《噩梦塔》。12月，任东京池袋丸山町防空会长。

1942年　48岁

任东京池袋北町会副会长，以"小松龙之介"的笔名连载《聪明的太郎》。

1943年　49岁

与著名作家井上良夫书信往来，交流对欧美侦探小说的看法。8月，开始连载科幻小说《伟大的梦》。11月，东京大学文学部在读的长子平井隆太郎被征召入伍，为其举行送别会。

1944年 50岁

出任行政监察随员助手，后在町会领导下开设军需品加工厂生产皮革制品。

1945年 51岁

4月，家属被疏散到福岛，自己则只身留在东京池袋，继续担任町会副会长。6月，因病被疏散到福岛。8月，在病床上听到裕仁天皇宣布无条件投降，平井隆太郎从土浦飞行队退役。11月，举家迁回池袋。

1946年 52岁

6月，倡议成立"侦探小说星期六研讨会"，每月开一次例会。

1947年 53岁

6月，"侦探小说星期六研讨会"更名"侦探作家俱乐部"，被选举为第一届主席。11月，到关西等地演讲，普及和推广侦探小说。没有新作问世，但旧作再版达31部。

1949年 55岁

1月，在《少年》连载《青铜怪人》。6月，再度当选侦探作家俱乐部会长。11月，光文社出版《青铜怪人》。

1950年　56岁

1月，在《少年》连载《虎牙》。3月，在《报知新闻》连载《断崖》，为战后首部短篇侦探小说。12月，光文社出版《虎牙》。

1951年　57岁

1月，在《趣味俱乐部》连载《恐怖的三角馆》，在《少年》连载《透明怪人》。5月，岩谷书店出版评论集《幻影城》。12月，光文社出版《透明怪人》。

1952年　58岁

1月，在《少年》连载《怪盗四十面相》。3月，评论集《幻影城》荣获侦探作家俱乐部授予的"第五届优秀侦探小说勋章"。7月，辞去侦探作家俱乐部会长一职，任名誉会长。12月，光文社出版《怪盗四十面相》。

1953年　59岁

1月，在《少年》连载《宇宙怪人》。12月，光文社出版《宇宙怪人》。

1954年　60岁

1月，在《少年》连载《塔上魔术师》。10月，日本侦探作家俱乐部、东京作家俱乐部和捕物作家俱乐部联合主办"江户川乱步六十大寿庆典"，会上正式设立"江户川乱步奖"。《别册宝石》第四十二期杂志作为

"江户川乱步六十周岁纪念特刊"，《侦探俱乐部》十二月号杂志也作为"乱步花甲纪念特刊"。著名作家中岛河太郎编纂和发行《江户川乱步花甲纪念文集》。11月，映阳堂出版《江户川乱步选集》10卷。12月，光文社出版《塔上魔术师》。

1955年　61岁

1月，在《趣味俱乐部》连载《影男》，在《少年》连载《海底魔术师》，在《少年俱乐部》连载《灰色巨人》。5月，举行首届"江户川乱步奖"颁奖仪式。11月，在三重县名张市举行"江户川乱步诞生地"树碑庆贺仪式。12月，光文社出版《海底魔术师》《灰色巨人》。

1956年　62岁

1月，在《少年》上连载《魔法博士》，在《少年俱乐部》上连载《黄金豹》。1月24日，"日本翻译家研究会"成立，出任研究会顾问。2月，出任"日本文艺家协会语言表述问题专业委员会"委员。4月，发表《英文翻译侦探小说短篇集》。8月，接任《宝石》杂志主编。11月，光文社出版《马戏团里的怪人》《魔法人偶》。

1957年　63岁

1月，在《少年》连载《夜光人》，在《少年俱乐部》连载《奇面城的秘密》，在《少女俱乐部》连载《塔上魔术师》。12月，光文社出版《夜光人》《奇面城的秘密》《塔上魔术师》。

1959年　65岁

1月，在《少年》连载《假面具背后的恐怖王》。11月，桃源社出版《欺诈师与空气男》，光文社出版《假面具背后的恐怖王》。

1960年　66岁

1月，在《少年》连载《带电人M》。4月，出任东都书房《日本侦探推理小说大集成》编辑委员。

1961年　67岁

4月，成为文艺家协会名誉会员。7月，出席"江户川乱步从事侦探小说创作四十周年庆典"，桃源社出版《侦探小说四十年》。10月，桃源社出版《江户川乱步全集》18卷。11月3日，荣获日本政府颁发的"紫绶褒勋章"。

1963年　69岁

1月，"日本侦探作家俱乐部"升格为社团法人"日本推理作家协会"，被一致推选为第一届理事长。8月，再次当选，坚辞不受，亲自提名松本清张接任第二届理事长。

1965年　71岁

7月28日，突发脑出血逝世，戒名智胜院幻城乱步居士。获赠正五位勋三等瑞宝章。8月1日，在青山葬仪所举行日本推理作家协会葬，墓所位于多摩灵园。

译后记

我1981年8月考入宝钢翻译科从事翻译工作，1982年初开始从事日本文学翻译，1983年2月首次发表日本文学译作。四十余年来，我一直致力于中日民间文化交流，尤其是翻译了日本推理文学鼻祖江户川乱步的作品全集，由衷地感到欣慰和满足。

《江户川乱步全集》共46册，数百万言，历经数个寒暑才翻译完成。回首往事，第一天坐在桌案前写下第一行译文的情景仍历历在目。为了解江户川乱步的创作思想、创作背景和准确把握作品的神韵，除反复阅读其所有小说作品外，我还遍览《侦探推理文学四十年》《乱步公开的隐私》《幻影城主》《奇特的立意》和《海外侦探推理文学作家和作品》等乱步的随笔和评论集。并专程去了坐落在东京丰岛区池袋的江户川乱步故居考察，到日本国家图书馆查阅了有关江户川乱步的许多资料。

为了让更多的人了解江户川乱步，我在《新民晚报》先后发表了《江户川乱步，日本侦探推理文学的先驱》《日本的福尔摩斯》《江户川乱步的起步》《徜徉少年大侦探系列》《徜徉青年大侦探系列》，接受了腾讯视频、东方电视台、《上海翻译家报》、沪江网、日语界以及日本青森电视台、《东粤日报》、《朝日新闻》、《产经新闻》、《中日新闻》的相关采访。

鲁迅说："伟大的成绩和辛勤劳动是成正比的，有一分劳动就有一分收获。日积月累，从少到多，奇迹就可以创造出来。"我历经数年辛劳翻译的这版《江户川乱步全集》，2004年4月被乱步故里日本名张市政府收藏，2020年10月又被日本驻上海总领事馆收藏，并荣获国际亚太地区出版联合会

APPA翻译金奖，其中的"少年侦探团系列"荣获国家新闻出版总署优秀少儿图书三等奖。

江户川乱步可以说是日本推理文学的代名词，江户川乱步奖是推动日本推理文学作家辈出的巨大动力，《江户川乱步全集》是世界侦探推理文学的瑰宝。希望通过这套《江户川乱步全集》，可以让更多的读者共同享受推理文学的乐趣。

2021年元旦于上海虹桥东华美寓所

图书在版编目（CIP）数据

飞天怪盗 /（日）江户川乱步著；叶荣鼎译. --济南：山
东画报出版社，2021.4
（江户川乱步全集·少年侦探团系列）
ISBN 978-7-5474-3882-4

Ⅰ.①飞… Ⅱ.①江… ②叶… Ⅲ.①儿童小说－侦探小说－
日本－现代 Ⅳ.①I313.84

中国版本图书馆CIP数据核字（2021）第055703号

FEITIAN GUAIDAO
飞天怪盗
〔日〕江户川乱步 著   叶荣鼎 译

责任编辑   梁培培
装帧设计   Pallaksch

出 版 人   李文波
主管单位   山东出版传媒股份有限公司
出版发行   山东画报出版社
          社   址   济南市市中区英雄山路189号B座   邮编 250002
          电   话   总编室（0531）82098472
                   市场部（0531）82098479   82098476（传真）
          网   址   http://www.hbcbs.com.cn
          电子信箱   hbcb@sdpress.com.cn
印   刷   山东新华印务有限公司
规   格   787毫米×1092毫米   1/32
          8印张   120千字
版   次   2021年4月第1版
印   次   2021年4月第1次印刷
书   号   ISBN 978-7-5474-3882-4
定   价   38.00元

如有印装质量问题，请与出版社总编室联系更换。